후흑열전

후흑열전

초판1쇄 1999.8.16.
　　4쇄 2012.2.10.
제2판1쇄 2021.11.15.

지은이 / 李宗吾
옮긴이 / 김수연

펴낸곳 / 도서출판 아침
　　등록 제 1988-000027 호 (1988.6.1)
　　주소 서울시 마포구 토정로5길 23 (202호)
　　전화 326-0683
　　팩스 326-3937

ISBN 978-89-7174-064-4　03820

후흑열전

李宗吾 지음

김수연 옮김

도서출판
아침

<역자 서문>

   '후흑'(厚黑)이라는 말이 독자들께 생소하게 들릴지 모르겠다. 후흑
이란 '두꺼운 얼굴과 시커먼 뱃속'을 말하는 것으로, 이 책의 저자인 이
종오가 고안해 낸 일종의 인간학이다.

   이종오는 1911년 성도 『공론일보』에 처음 후흑 이론을 연재해 독자
들에게 떠들썩한 반응을 불러 일으켰으나 친구들의 만류와 주위의 우
려로 연재를 중단했다. 이후 단행본으로 세상에 다시 모습을 드러낸
뒤로, 후흑학은 판에 판을 거듭하며 지금까지도 많은 중국인의 사랑을
받고 있다.

   이종오는 중국 역사의 여러 인물들을 예로 들면서, 그들의 성공과 패
배를 결정적으로 좌우한 것은 '두꺼운 얼굴과 시커먼 뱃속'이었다고
말한다. 즉 얼굴이 더 두껍고 뱃속이 더 시커먼 자가 승리를 거머쥐었
다는 것이다. 이와 같은 식으로 전개되는 후흑의 논리는 사실 후흑이
판치는 현실을 풍자하기 위해 시작된 것이다. 그런데 어찌하여 당시
이종오는 후흑을 권장하여 사회 기강을 문란하게 한다는 숱한 비난을
받았던 것일까?

   이종오가 보기에 인간은 본래 자기중심적인 존재다. 그러니 인의 도
덕보다는 후흑이 인간의 본성 이 라 볼 수 있다. '바르게 살아라' 라는
도덕군자의 설교로는 후흑을 어찌할 수 없다. 아니, 어쩌면 그런 설교
자체가 심오한 후흑의 술수일 수도 있다. 후흑가들은, 자기는 빼고 남
들이 바르게 사는 것을 좋아한다. 대후흑가인 중국의 제왕들이 백성들

에게 유교만을 권장했던 이유가 무엇이겠는가?

후흑의 폐해를 물리치기 위해서는 모두가 후흑에 능통하는 수밖에 없다. 사방에 온통 낯 두껍고 뱃속이 시커먼 자들뿐이라면 감히 누가 후흑의 술수를 부리려 하겠는가? 서로 어찌할 수가 없으니 마주 바라보며 웃을 수밖에. 그리하여 이종오는 세상의 비난을 무릅쓰고 후흑을 설파하는 교주의 자리에 스스로 등극한 것이다. 가히 역설적인 계몽주의의 극치라 아니 할 수 없다.

신해혁명을 통해 왕정에서 공화정으로 넘어가고 있던 당시의 중국 상황을 생각해 볼 때 후흑학이 탄생된 배경을 짐작해 볼 수 있다. 손문이 세운 반청혁명 조직인 '동맹회'의 일원이기도 했던 이종오는 후흑학을 주창하여 사회 곳곳을 지배하고 있던 봉건 유교 사상을 통렬히 풍자한 것이다.

이종오는 곳곳에서 공자를 떠받드는 유학자들과 부딪히면서 그들의 사상을 풍자하고 독설을 퍼붓는다. 특히 그의 글은 글 전체가 거대한 역설인 경우가 많은데, 「관직을 구하는 여섯 가지 요령」 「공무원의 여섯 가지 지침 사항」 「일 처리의 두 가지 비결」 등에 이르면 그 풍자는 극에 달해 읽는 이로 하여금 배꼽을 잡게 만든다.

역자는 책을 번역하면서 저자 이종오라는 인물에 대해 개인적으로 대단한 매력을 느꼈다. 그의 기발한 착상과 중국의 역사를 통찰하는 안목, 인간의 내면을 꿰뚫어 보는 예리한 시각, 거침없는 독설과 풍자, 중국의 고전을 두루 섭렵한 해박함, 거기에 자기 자신에 대한 도도한 우월의식— 이것들이 바로 이 책의 진수요, 독자를 끌어들이는 힘이라고 생각한다.

이 책 『후흑열전』은 북경의 중국경제출판사에서 1989년 출간한 『후흑학대전』(厚黑學大全)을 번역한 것이다. 본문은 3부로 구성되어 있다.

1부에서는 후흑이라는 것이 과연 무엇인지 우리에게도 친근한 중국의 역사적 인물들의 일화를 통해 설명한다. 권력에 아첨하는 사가들이 씌워 놓은 인의도덕의 외피를 벗고 후안무치의 흑심을 그대로 드러내는 영웅호걸들의 적나라한 모습이 볼 만하다.

　2부에서는 인간의 마음도 자연계와 같이 역학 법칙을 따른다는 저자의 독특한 이론을 전개하는데, 후흑학의 기반은 여기에 있다. 이종오의 친구들이 정리해 놓은, 이종오의 발표되지 않은 글들도 같이 실어 놓았다.

　3부에서는 이종오에 관해 주변 이들이 쓴 글을 모아 놓고 있다. 자칭 후흑교주인 이종오 개인의 삶에 얽힌 이야기는 그의 글 못지않게 읽는 재미를 준다.

　누구나 다 알고 있는, 그러나 아무도 말하지 않은 후흑학을 설파한 죄로 평생 까마귀처럼 살다 간 이종오— 그의 후흑학을 어떻게 받아들일지는 전적으로 독자들의 몫이다. 현명한 판단을 기대한다.

옮긴이　김수연

『후흑학』은 졸저인 『종오억담』(宗吾臆談)에 수록되어 있던 것으로 『상해 논어 반월간』(상해에서 임어당이 주재했던 문예 간행물)에 게재되기도 했었다.

이 단행본의 초판은 북경에서, 재판·삼판은 성도에서 출판되어 성도의 화서일보사와 중경 수주시의 북신서국 등에서 발매했는데 불과 수일 만에 매진되어버렸다. 그러더니 각 지방의 독자들로부터 중판을 요청하는 편지가 고향에 머물러 있던 필자 앞으로 매일 날아 들어왔다.

나 자신은 내 졸저가 자칫 세상 사람들에게 오해를 불러일으킬 것 같은 생각이 들어 더 이상 아무 말도 안 하고 삼가려던 차인데 친구인 왕연묵이 다음과 같은 편지를 보내왔다.

후흑학이라는 세 글자는 이미 세상 사람들의 입에 올라 있어 이제는 없애버리기 힘들 정도가 되어버렸네.

나는 자네의 글을 모두 읽어 보았는데, 후흑은 아직도 사회 병폐이지만 자네의 글은 그것을 치유할 수 있는 좋은 약이 될 수 있다네. 그래서 나는 자네를 위해서 자네의 모든 사상적인 체계와 각종 글들의 줄거리를 상세 히 정리하여 권말에 수록해 후흑학의 설명서로 할 필요가 있다는 것을 통감했다네. 그러니까 병폐가 무엇이고 처방전이 무엇인지를 같이 발표하여 자네가 의도하는 바를 명확히 인식시키는 것이 필요하다는 것이지.

그렇게 하지 않으면 후흑학이라는 세 글자만이 성행하여 자네는 사회로부터 공연한 오해와 조소를 받는 결과를 초래할 걸세.

나는 이 편지를 받고 깊이 느끼는 점이 있었다. 왕연묵의 호의에 감사하는 동시에 보답하기 위해 내가 「나의 사상체계」라는 제목의 글을 쓰고 그것을 왕연묵이 고쳐 인쇄하기로 하였다. 그 결과 나를 정말 이해해 줄 사람이 늘어날 것인지 아니면 도리어 비난하는 사람이 늘어날 것인지에 대해서는 본래부터 그랬듯이 신경 쓰지 않으려고 한다.

민국 29년(1940) 2월 6일 사천 자류정에서
李宗吾

목차

1부

후흑 풍운

항우는 그 힘이 산을 뽑아 낼 만큼 세고, 그 기개가 천하를 뒤덮을 만한 영웅이다. 그러나 모든 사람들이 흐느끼며 만류하는데도 불구하고, 그는 왜 동성에서 죽어 세상의 웃음거리가 되었는가!

그가 실패한 원인은 한신이 말한 대로 '아녀자의 인과 소인배의 혈기'(婦人之仁 匹夫之勇)라는 두 마디 말에 함축되어 있다.

후흑학

나는 글을 익혀 책을 읽기 시작할 무렵부터 영웅호걸이 되고 싶은 마음에, 사서오경을 뒤져보았지만 별다른 소득을 얻지 못했다. 제자백가와 이십사사(二十四史 : 중국의 정사)에도 역시 그 방도를 터득할 길이 보이지 않았다.

그러나 나는 옛 영웅호걸들에게는 틀림없이 알려지지 않은 비밀이 있는데, 다만 우리들이 아둔하여 그것을 찾아 내지 못할 뿐이라고 생각하였다. 그래서 식음을 전폐하고 잠자는 것까지 잊어버릴 정도로 그 일에 골몰하였다.

그런데 수년이 지난 어느 날, 문득 삼국 시대(위·오·촉 세 나라가 정립하고 있던 시대)의 몇몇 인물들을 떠올리고 나도 모르게 큰 소리로 외쳤다.

"그렇군! 옛날의 영웅호걸들이란 다름 아니라 낯가죽이 두껍고 속마음이 시커먼 자들뿐이로군!"

삼국 시대 영웅들 가운데 먼저 조조를 들어 보자. 그의 특출한

조조(曹操 155~220)

점은 저울질하기도 어려울 만큼 그 속마음이 아주 음흉하고 시커멓다는 것이다.

그는 젊었을 때 대단히 의심이 많았다. 당시의 권신인 동탁을 자살시키려다 실패해 오히려 쫓기는 몸이 되었을 때 하룻밤 숙식을 위해 찾아든 집이 뜻밖에도 구면인 여백사의 집이었다. 여백사는 조조와의 만남을 기뻐하여 자기 가족들에게는 돼지를 잡아서 조조를 대접하도록 명하고, 자신은 술을 사오기 위해 집을 나섰다.

가족들은 돼지를 잡기 위해 열심히 칼을 갈기 시작했는데 조조는 이들이 자신을 죽이려는 것으로 지레 추측해 기선을 제압하기 위해 일가족을 모두 살해해버렸다. 그리고는 여백사의 집을 뛰쳐나와 도망하려 하던 중 마침 술을 사 가지고 돌아오던 여백사를 만나게 되었다. 그러자 조조는 그 자리에서 여백사마저 살해해버렸다.

이때 동행하던 진궁이 차마 보다 못해 "사정을 모르고서 살해한 것은 할 수 없는 일이라고 하겠지만, 알고 나서도 살해한다는 것은 너무 지나친 일이 아니오?" 하고 힐책하자, 조조는 조금도 죄의식을 느끼지 않는 듯 오히려 오만하게 "내가 남을 배신할지언정 나는 다른 사람에게 배신당하고 싶지 않다"고 대답했다.

조조는 공응·양수·동승·복완 등 제 앞길에 방해가 되는 자라면 거리낌 없이 죽였을 뿐 아니라, 후한(後漢) 황실의 황후와 태자까지 죽이는 등 한마디로 제 마음대로 행동했다.

이처럼 조조의 속마음은 시커멓기가 이루 말할 수 없을 정도였다. 그 뻔뻔스러운 배짱과 음흉함에 놀라운 점이 있기 때문에 일세의 영웅으로서 역사에 남아 있는 것이다.

다음으로 유비를 보자. 그의 특출한 점은 낯가죽이 보통 두꺼운 게 아니라는 데 있다. 그는 애매한 태도의 줏대 없는 사람으로 생각이나 태도가 갑자기 싹 바뀌어 '여포를 믿는가 보다' 하고 생각하기 무섭게 조조에게 붙고 거기서 다시 원소의 품으로 투항하고 거기서 다시 또 뛰쳐나와서는 유표 밑으로 가 있다가 끝내는 숙적인 손권과 결탁하는 등 자신에게 이익이 되는 일이라면

漢昭烈帝
賢矣昭烈
寬厚弘毅
崎嶇立國
仗信履義
推誠任賢
肝膽早契
顧命數詞
可訓後世

유비(劉備 161~223)

조금도 부끄러운 줄 모르고 행하는 인물이었다.

유비는 이렇게 이리저리 쫓겨 다니고 남의 처마 밑에 얹혀살면서도 전혀 수치심을 갖지 않은 것은 물론, 평소에 울기도 잘했다.

그러한 유비를 『삼국연의』의 작가는 다음과 같이 생동감 있게 그리고 있다.

"그는 해결할 수 없는 일에 봉착하면, 사람들을 붙잡고 한바탕 대성통곡을 하여 즉시 패배를 성공으로 뒤바꿔 놓았다."

그리하여 "유비의 역할이란 울음보를 터뜨리는 것이다"라는 속담까지 나오게 되었다. 유비란 인물 역시 수완이 대단한 영웅이다. 그와 조조 두 사람은 서로 쌍벽을 이룰 만큼 비할 데 없이 출중한 인물들이다.

　한 번은 그 두 사람이 술을 주고받으며 영웅에 대해 논할 기회가 있었다. 속마음이 가장 시커먼 사람과 낯가죽이 가장 두꺼운 사람이 한 자리에 대면하고 앉았으니, 서로 상대방을 어떻게 해볼 도리가 없었다. 조조가 이때 원본초를 비롯한 좌우의 무리들을 둘러보니 모두 천하여 말할 가치조차 느낄 수 없는 상황이었다. 그러자 그는 이렇게 말했다.

　"천하의 영웅은 오직 당신과 나뿐이구려."

　이 두 사람 말고 손권이란 인물이 있는데, 그는 유비와 동맹을 맺었을 뿐 아니라 매부와 처남 사이였다.

　그런데 그런 그가 촉이 쇠퇴해가는 기회를 틈타 느닷없이 형주를 빼앗고 유비의 의제인 관우까지 죽였다. 그러고는 곧이어 촉나라에 화해를 청했으니 그의 시커먼 속마음은 조조와 거의 다름이 없을 정도였다.

　그는 조조와 어깨를 나란히 하는 영웅으로 자처하며 조금도 양보할 줄 모르고 맞서다가, 결국은 조조의 아들인 조비의 발아래 꿇어 엎드려 스스로 위나라의 신하가 되기를 간청하였다. 그러고는 또 얼마 안 가 위나라를 배신하였으니 그의 낯가죽 두껍기는 유비에 버금간다고 하겠다.

　손권이 비록 조조보다 속마음이 시커멓지 못하고 유비보다 낯가죽이 두껍진 못하지만, 이 양자를 겸비하였으므로 또한 영웅

손권(孫權 182~252)

이라 일컫지 않을 수 없다. 따라서 그들 세 사람은 각자의 수완을
발휘하여 상대방을 서로 정복할 수 없었기 때문에, 당시의 천하
는 셋으로 나뉠 수밖에 없었다.

후에 조조와 유비와 손권이 차례로 죽자 사마씨 부자가 기회를
틈타 들고 일어났다. 사마씨 부자란 위나라의 대장이었던 사마
의와 그의 자식인 사마사·사마소를 말한다. 사마소의 아들 사마
염은 후에 위나라의 황제 자리를 차지하여 삼국을 통일하고 진
나라를 세웠다.

将帥之才奸雄之志
得政專權見利忘義

司馬懿

사마의(司馬懿 179~251)

　이들은 조조와 유비의 영향을 받아 후흑학을 '집대성'했다고
할 수 있다. 사마의는 위나라 명제의 여덟 살 난 아들 조방을 부
탁받았는데, 권력을 마음대로 휘둘러 볼 생각으로 방해가 되는
권력자 조상을 살해해버렸다.
　사마의의 아들인 사마사도 조방을 배척하고 조모를 옹립하여
마음껏 권력을 휘둘렀다. 조모는 사마소 때문에 자살하고 말았
는데 그 후에 내세워진 조환도 사마염에 이르러 퇴위 당한다.
　이렇게 사람을 속이고 죽이기를 능사로 여기니, 그 속마음 시
커멓기가 조조와 비슷하다. 게다가 여자 두건을 선물 받는 모욕

을 당하면서도 용케 참아 냈던 것으로 보아, 오히려 낯가죽이 두껍기로 따지면 유비보다 더했다고 하겠다.

나는 역사책을 보다가 사마의가 여자 물건인 두건을 선물 받는 대목(이는 사내답지 못하다는 뜻의 모욕이며, 제갈량이 사마의를 성 밖으로 유인하여 싸우려는 계략으로 이 방법을 썼으나 사마의는 걸려들지 않았다)에 이르자, 나도 모르게 탁자를 치고, "천하는 사마씨에게 돌아가겠구나!"라고 소리쳤다. 과연 이때에 이르러 천하는 통일되었다. 이는 모두, 만사가 반드시 그렇게 되기 마련인 까닭에 그리 된 것이다.

제갈량은 천하의 귀재로 3대에 걸쳐 한 번 나올까 말까 한 인물인데도, 사마의와 대적하여 그를 성 밖으로 유인해 낼 방법을 찾지 못했다. 그는 죽는 날까지 나라를 위해 온 힘을 다 바치기로 결심하였으나. 결국 조그만 중원 땅도 회복하지 못하고 피를 토하며 죽고 말았다. 설사 재상이 될 만한 인재일지라도, '낯가죽이 두껍고 속이 시커먼' 계파(후흑 계파)의 적수가 되지는 못했던 것이다.

나는 이러한 몇몇 인물들을 거듭해서 연구한 끝에 아주 오랜 옛날의, 전해오지 않던 비밀을 알게 되었다. 즉 『이십사사』를 '낯가죽이 두껍고 속마음이 시커멓다'는 일종의 '후흑'의 이치로 꿰뚫어볼 수 있다는 것이다.

한(漢)나라를 예로 들어 증명해 보자.

항우는 그 힘이 산을 뽑아 낼 만큼 세고, 그 기개가 천하를 뒤덮을 만한 영웅이다. 그러나 모든 사람들이 흐느끼며 만류하는 데도 불구하고, 그는 왜 동성에서 죽어 세상의 웃음거리가 되었는가!

그가 실패한 원인은 한신(한나라 고조 유방의 공신)이 말한 대로 '아녀자의 인과 소인배의 혈기'(婦人之仁 匹夫之勇)라는 두 마디 말에 함축되어 있다. 아녀자의 인이란 어질지 못한 일을 참지 못하는 것을 일컫는 말로, 그 화근은 바로 속마음이 시커멓지 못하다는 데 있다. 소인배의 혈기 또한 화를 참지 못하는 것을 가리키는 것으로, 그 화근은 바로 낯가죽이 두껍지 못한 데 있다.

홍문의 연회에서 항우와 유방이 자리를 함께 했을 때 항우가 칼을 뽑아 들고 유방의 목을 내려치기만 했어도, 그는 '존엄한 황제'의 명예를 손에 넣을 수 있었을 것이다. 그런데 그는 차마 그러지 못하고 망설이다가 유방이 도주하게 만들고 말았다.

항우가 해하(유방이 항우를 멸망시킨 곳)에서 패배한 뒤 만약 오강을 건너 다시 재기를 다짐했다면, 천하가 누구의 수중에 돌아갔을지 어찌 알겠는가?

그러나 그는 오히려 다음과 같이 말했다.

"나는 강동의 자제 8천 명과 함께 이 오강을 건너 서쪽으로 향했었소. 그런데 지금 한 사람도 살아오지 못했으니, 설사 강동의 부형들이 나를 가엾이 여겨 염려해 준다 한들 내 무슨 면목으로 뵙겠소? 설령 그들이 아무런 말을 하지 않는다고 할지라도 내 어찌 그것을 부끄럽게 여기지 않겠소?"

이 말은 대단히 잘못된 것이다!

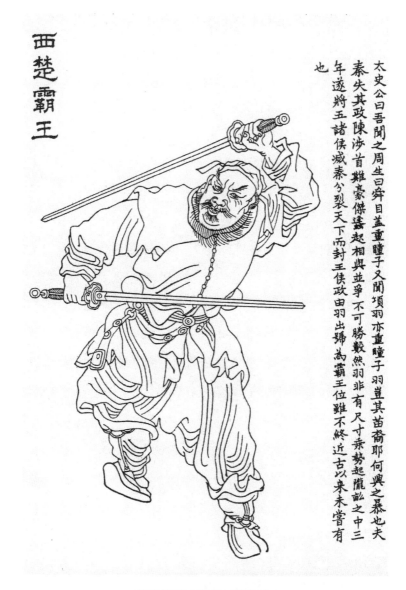

西楚霸王

太史公曰吾聞之周生曰舜目蓋重瞳子又聞項羽亦重瞳子羽豈其苗裔耶何興之暴也夫
秦失其政陳涉首難豪傑蠭起相與並爭不可勝數然羽非有尺寸乘勢起隴畝之中三
年遂將五諸侯滅秦分裂天下而封王侯政由羽出號為霸王位雖不終近古以來未嘗有
也

항우(項羽 전232~전202)

그는 한편으로 다른 사람들을 볼 면목이 없다고 하였고, 또 한편으로는 부끄럽게 생각한다고 말했다. 도대체 잘난 사람의 체면이 다 뭐고, 그 고매하신 인품이 또 뭐란 말인가? 그는 조금도 생각해 보지 않고 오히려 이렇게 말했다.

"이는 하늘이 나를 멸망시키려는 것이지, 결코 싸움에 약하기 때문이 아니다."

아마 하늘도 그의 잘못을 용서할 수 없었던가 보다.

그러면 유방의 기량을 살펴보자. 『사기』에는 다음과 같이 기록되어 있다.

항우가 유방에게 말했다.

"세상이 어수선한 지도 꽤 여러 해 되었는데 이제 우리 두 사람뿐이니, 한왕과 겨루어 우열을 가려보고 싶소."

그러자 유방은 미안한 기색으로 웃으면서 말했다.

"지혜를 겨룰지언정 힘겨루기는 하지 못하겠소."

이때 '미안한 기색으로 웃는다'는 말은 어떤 마음에서 나온 태도일까?

유방이 장인인 여이기를 맞아들일 때, 마침 두 명의 시녀가 유방의 발을 씻기고 있는 중이었다. 여이기가 그 모습을 보고 어른을 얕보는 무례한 행동이라고 꾸짖자, 유방은 즉시 발을 씻기는 것을 멈추게 하고 일어나서 사과했다. 그러면 제왕이 '일어나서 사과한다'는 것은 어떤 마음에서 나온 태도인가?

또한 항우가 유방의 부친을 인질로 잡아 삶아 죽이겠다고 위협

漢高祖

漢書高帝紀贊曰漢承堯運德己盛斷蛇著符旗幟尚赤恊於火德自然之應得天統矣

유방(劉邦 전247~전195)

하였을 때 그는 오히려 태연하게 그 국 한 사발을 나누어 달라고 요청하였다. 또 초나라 병사들에게 쫓기고 있을 때 그는 수레의 무게를 가볍게 하기 위해 친자식을 마차에서 밀어내고 자신의 생명을 보호하려 했다. 후에 야망을 달성하여 천하가 모두 그의 것이 되자 그동안 신명을 걸고 일해 온 공신인 한신을 죽이고 팽월을 죽였으니, 이게 바로 '새를 잡으면 활을 창고에 넣어 두고, 토끼를 잡고 나면 사냥개를 삶아 먹는' 격이다.

그러니 어찌 '아녀자의 인과 소인배의 혈기'를 지닌 항우가 유방의 심정이 어떨지 꿈엔들 짐작이나 할 수 있겠는가?

그런데 사마천의 『사기』의 본기(기전체 역사책에서 제왕에 관한 것을 기술한 부분)에서는 다만 '유방은 오뚝한 콧날에다 천자의 상이고 항우는 겹눈동자'라고 묘사하고 있을 뿐이다. 도대체 두 사람이 낯가죽이 두꺼운지 얇은지, 또 속마음이 시커먼지 깨끗한지에 대해서는 한마디도 언급하고 있지 않다. 이러한 점에서는 『사기』가 훌륭한 역사책이라 평하기에 아쉬움이 따른다.

유방의 두꺼운 낯가죽과 시커먼 속마음은 다른 사람들과 비교할 수 없을 정도여서 거의 타고난 것이라고 할 만하다. 특히 그 속마음이 시커멓기로 말하면, '마음 내키는 대로 해도 (후흑의) 법도를 어기지 않는다'고 하겠다.

낯가죽이 두꺼운 것에 대해 말하려면 그가 전수받은 내력을 살펴 볼 필요가 있다. 그에게 낯가죽 두꺼워지는 법을 가르친 스승은 바로 3대 호걸(장량·소하·한신)의 하나인 장량이다. 장량의 스승은 '다리 위의 노인'이다. 장량이 노인에게 가르침을 받기까

張文戒

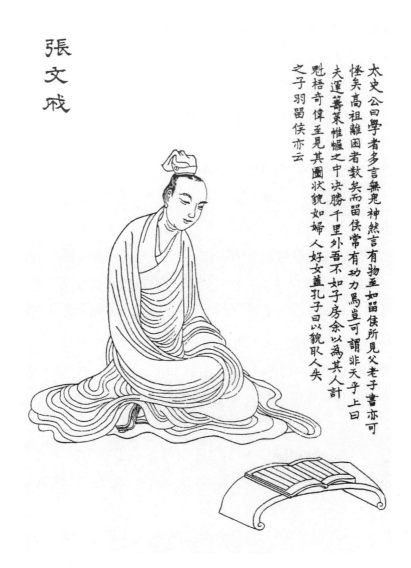

太史公曰學者多言無鬼神然言有物至如留侯所見父老子書亦可怪矣高祖離困者數矣而留侯常有功力焉豈可謂非天乎上曰夫運籌策帷幄之中決勝千里外吾不如子房余以為其人計魁梧奇偉至見其圖狀貌如婦人好女蓋孔子曰以貌取人失之子羽留侯亦云

장량(張良 전262경~전186)

지의 과정은 살펴볼만하다.

장량이 다리 위에서 우연히 한 노인을 만났는데, 노인은 일부러 다리 아래로 짚신을 떨어뜨리고는 주워 오라 하였고, 또 만날 약속을 하고는 먼저 나와서 장량을 기다리다가 그를 크게 꾸짖기도 여러 차례 하는 등 장량에게 책(병법서)을 건네주기까지 이것저것 그를 시험했다. 이는 소동파의 『유후론』(留侯論)에도 그렇게 적혀 있듯이 노인은 다만 낯가죽이 두꺼워지는 것을 가르쳤을 뿐이다.

장량은 타고난 재능을 지닌 사람으로, 일단 알려 주기만 하면 말하기 무섭게 깨달았기 때문에, 노인은 그를 장차 '제왕의 스승감'으로 기대했다. 우둔한 천성의 소유자는 이와 같은 최고의 비결을 결코 터득할 수 없었을 것이다.

『사기』에서는 다음과 같이 말하고 있다.

"장량이 다른 사람들에게 말을 해도 모두들 귀담아듣지 않았는데, 오직 패공(유방)만이 그 말을 옳게 여기고 따르자, 장량은 '패공은 천부적인 자질을 타고났다'고 말했다."

물론 현명한 스승을 얻기도 힘들지만, 좋은 제자 역시 구하기 힘든 법이다. 한신을 제(齊)의 왕으로 봉할 때, 유방은 그의 스승(장량)이 옆에서 귀띔해 주지 않았더라면 자칫 실수할 뻔했다.

제나라를 평정한 한신이 유방에게 사신을 보내 자신을 제나라 왕으로 봉해 줄 것을 요구했을 때 유방은 처음에는 한신이 자립하려는 의도라고 생각하고 분개하며 사신부터 처치하려 했다. 이때 장량과 진평이 나서서 유방의 발을 밟고 말렸기 때문에 분노를 풀 수 있었다.

이는 마치 오늘날 학교에서 학생이 연습 문제를 풀 때, 선생님이 옆에서 고쳐 주는 모습과 흡사하다. 천부적인 자질을 지닌 유방도 때로는 오류를 범하기도 했지만 금세 스승의 충고를 받아들이는 것을 보아 '후흑학'에 능통한 그의 면모를 미루어 짐작할 수 있다.

유방은 타고난 자질이 뛰어났을 뿐만 아니라 '후흑학'에 입문한 경륜 또한 깊었기 때문에, 세상에 널리 퍼진 군신·부자·형제·부부·친구간의 오륜은 물론 예의나 염치 따위가 아예 없었다. 그리하여 여러 세력들을 평정하고 온 천하를 통일시킬 수 있었다. 이후 400여 년 동안 한나라가 사직을 보존해 나갈 수 있었던 것도 유방이 떨친 후흑의 광채에 힘입은 바 크다 하겠다.

초·한 시대에 낯가죽은 철판처럼 두꺼웠지만 속마음이 시커멓지 못하여 결국 실패한 인물이 있다. 그가 누구인가? 바로 모두가 알고 있는 한신이다.

그는 남의 가랑이 밑을 기어나가는 모욕을 참을 수 있을 만큼 그 낯가죽 두껍기로 치자면 유방에게 뒤지지 않았다. 그러나 속마음이 시커먼 점에서는 아직 훈련이 덜 되었음이 보인다.

그가 제나라의 왕으로 있었을 때, 만약 '유방에게서 독립하여 천하를 다스릴 뜻을 품으라'고 설득한 괴통의 말을 들었다면 더할 수 없이 지위가 높아졌을 것이다. 그러나 그는 '옷을 벗어서 입혀 주고 음식을 덜어 준' 유방의 각별한 은혜가 유달리 마음에

淮陰侯

宋諫議錢公昆題侯廟云築壇拜日恩雖厚躡足封時慮已深隆準早知同鳥喙將軍應起五湖心

한신(韓信 전231경~전196)

걸려서 경솔하게 이렇게 말했다.

"남의 도움으로 옷을 입은 자는 그 사람의 일을 위해 걱정하고, 남의 도움으로 먹고사는 자는 그 사람을 위해 죽어야 한다."

그러나 후에 그는 장락궁 종루에서 참수 당하고, 삼족(아버지·어머니·아내의 일가)이 몰살당했다. 실로 자업자득인 셈이라 아니할 수 없다.

"항우는 '아녀자의 인과 소인배의 혈기'를 지니고 있을 뿐이다."

한신은 항우를 이렇게 비꼬았는데, 이것을 보더라도 그는 이미 속마음이 시커멓지 못하면 대세를 그르치게 된다는 사실을 알고 있었던 것 같다. 그런데도 그 자신은 바로 이 점 때문에 실패하고 말았으니, 후흑이 입으로 말하기는 쉬워도 실천하기가 얼마나 어려운지 몸으로 입증시켜 준 셈이다.

또 속마음은 누구 못지않게 시커멓지만 낯가죽이 두껍지 못하여 역시 실패한 인물이 있다. 그가 바로 다들 잘 알고 있는 범증이다.

유방이 함양을 무너뜨려 진나라 왕 자영을 가두고 항복을 받아낸 뒤 인심을 잃지 말아야한다는 장량의 의견에 따라 유방은 함양에서 물러 나와 패상에 군대를 주둔시켰다.

이때 범증은 유방의 야심을 읽고 지금 유방을 제거하지 않으면 후일 반드시 후환을 남길 것이라 예견했다. 그는 온갖 계략을 써서 유방을 사지로 몰아넣고자 했다. 범증 역시 그 속마음 시커멓

범증(范增 전278경~전204)

기가 유방을 뺨칠 정도였다. 그렇지만 그는 낯가죽이 두껍지 못했다.

그리하여 유방이 진평의 계책을 이용하여 항우와 범증을 이간질시켰고 이에 항우의 의심을 받은 범증은 벌컥 화를 내며 물러나겠다고 청하였다. 그는 고향 팽성으로 돌아가는 도중에 화를 참지 못해 뻗친 등창을 앓다가 죽었다.

큰일을 도모하는 사람이 이처럼 참지 못하고 화를 내는 것이 도리이겠는가? 범증이 떠나지 않았다면, 항우는 망하지 않았을 것이다. 그가 조금만 더 참았더라면, 허점이 많은 유방을 얼마든지 공격해 들어갈 수 있었을 것이다. 그런데 그가 항우의 의심에 분개하여 물러나는 바람에, 자신의 남은 목숨과 항우의 영토를 한꺼번에 잃고 말았던 것이다. 조그만 일을 참지 못했기 때문에 큰일을 그르친 셈이다. 소동파는 그를 '호걸'로 불렀는데. 아무래도 좀 과분한 칭찬인 듯하다.

이상에서 살펴본 바와 같이 '후흑학'이란 학문은 방법이 아주 간단하지만, 적용해 보면 매우 기묘하다는 사실을 알 수 있다. '후흑학'은 작은 일에 쓰면 작은 효과를 볼 뿐이지만. 큰일에 쓰면 커다란 효과를 거둔다.

유방과 사마의는 바로 그 점을 완전히 터득했기 때문에 천하를 통일할 수 있었다.

조조와 유비 또한 각자 한 측면을 갖추고 있었기 때문에 왕으로 자처하며 서로 세력을 다툴 수 있었다.

한신과 범증도 각각 한 측면을 지니고 있었지만, 불행하게도 때를 잘못 만났다. 즉 두꺼운 낯가죽과 시커먼 속마음 양자를 겸비한 유방과 함께 세상에 나왔던 탓으로 결국 둘 다 실패하였던 것이다.

그렇지만 그들은 살아생전에 자신들이 지닌 한쪽 수단을 발휘하여 왕후 재상에 버금가는 지위를 얻고 한때나마 대단한 명성을 누렸다. 죽은 후에도 각종 역사책이나 전기 가운데 한자리를 차지하고 있으며, 그들의 행적은 후세 사람들의 입을 거쳐 흥미진진하게 거론되고 있다. 이와 같이 '후흑학'은 결코 그들을 저버리지 않았다.

조물주가 인간을 창조하면서 우리에게 얼굴을 줄 때 낯가죽이 얼마나 두꺼운지는 겉으로 보이지 않게 숨겨두었다. 또 마음을 줄 때에도 그 속이 얼마나 시커먼지는 밖에서 들여다 볼 수 없도록 해 두었다.

겉으로 보아 얼굴은 몇 치의 넓이에 불과하고 속마음도 양 팔길이도 안 되는 육신에 담겨있어 별로 기이하지 않을 성싶다. 하지만 그 속을 살펴보면 곧 그 낯가죽 두껍기와 그 속마음 시커멓기가 한도 끝도 없다는 것을 알게 된다. 이 세상의 모든 부귀공명, 처첩 궁실, 온갖 금은보화와 장신구 등등은 모두 이 보잘것없는 곳으로부터 나오지 않는 것이 없다.

이처럼 조물주가 인간을 만든 그 기묘함은 실로 불가사의하다. 아둔한 중생들이 자기 몸에 더할 수 없이 귀한 것을 지니고 있으면서도 내버려 둔 채 사용하지 않는다면, 이는 세상에서 가장 어리석은 일일 것이다.

'후흑학'의 수업은 모두 세 단계로 나뉜다.

제1단계는 '낯가죽이 성벽처럼 두껍고, 속마음이 숯덩이처럼 시커먼 것'이다.

처음에는 낯가죽이 종이 한 장처럼 얇겠지만, 점차 밀리미터에서 센티미터, 미터로 늘어나 나중에는 성벽처럼 두껍게 된다. 마찬가지로 맨 처음 마음의 색깔은 우유 빛을 띠다가 차츰 회색 빛, 검푸른 빛으로 바뀌고 마침내 숯덩이처럼 새까맣게 된다.

그러나 이런 경지에 도달했다 할지라도, 겨우 기초적인 기량을 지니고 있는 것일 뿐이다. 왜냐하면 비록 성벽이 두껍다고는 하지만, 대포 한 방에 폭파되거나 무너질 수 있기 때문이다. 또한 속마음이 숯덩이처럼 시커멀 경우 얼굴빛이 혐오스러워, 모두들 그를 가까이하지 않으려 할 것이다. 따라서 이 단계는 아직 초보적인 단계라고 할 수 있다.

제2단계는 '낯가죽이 두꺼우면서도 단단하고, 속마음이 검으면서도 밝은 것'이다.

낯가죽 두껍기에 능통한 사람은 상대방이 제아무리 공격해도 전혀 끄떡도 하지 않는다. 유비가 바로 이런 사람으로, 조조조차도 그를 어찌할 방법이 없었다.

속마음이 시커멓기에 능통한 사람은 마치 빛바랜 칠흑 간판이 검을수록 대접을 받는 것과 같이 남에게 인정을 받는다. 조조가 바로 그런 사람이다. 그는 속마음이 시커멓기로 유명했지만, 오히려 중원의 이름난 호걸들은 거기에 넘어가 그에게 승복하고 말았다. 따라서 "속마음은 칠흑처럼 검지만, 얼굴은 투명하리만치 밝다"고 말할 수 있다.

이와 같이 두 번째 단계에 도달하였더라도 (물론 이전 단계와 천지 차이라고 하겠지만) 자취를 드러내는 구체적인 형체와 색채가 있기 때문에, 우리가 관심을 가지고 잘 살피면 이 단계에 도달한 사람을 알아볼 수 있다.

제3단계는 '낯가죽이 두껍지만 형체가 없고, 속마음이 검지만 색채가 없는 것'이다.

이런 경지에 이르면, 하늘마저 그리고 후세 사람들마저 그가 낯가죽이 대단히 두껍고 속마음이 대단히 시커멓더라도, 두껍다거나 시커멓다고 여기지 않게 된다. 그러나 이러한 경지는 아주 도달하기 힘든 것이다. 부득이 이런 경우는 위대한 옛 성현들 가운데에서 찾아볼 수밖에 없다.

"이 학문은 어찌 그렇게 심오합니까?" 하고 어떤 이가 묻기에, 나는 이렇게 대답했다.

"유가의 중용은 '무성무취'(無聲無臭)의 단계에 이르러야 비로소 그것을 완성했다고 할 수 있고, 불도를 닦는 사람은 보리수가 나무의 허상이 아님을 알고, 투명한 거울이 액자 틀 속에 놓인 거울의 허상이 아님을 알아야 비로소 진정한 깨달음을 얻었다고 할 수 있다. 하물며 '후흑학'은 오랫동안 전해 오지 않던 비밀인데, 마땅히 '무형무색'(無形無色)의 단계까지 행할 수 있어야 비로소 그 경지에 도달했다고 할 것이다."

생각해보면 삼대(하·은·주)로부터 오늘날에 이르기까지 왕후장상·영웅호걸·성현들은 셀 수도 없이 많지만 후흑학을 통해 성공하지 않은 사람이 단 한 명이라도 있었던가?

이미 참고할 만한 서적들이 다 갖추어져 있으므로 사실을 왜곡할 수는 없다. 만약 독자들이 내가 가르쳐 준 방법으로 스스로 찾아본다면 자연히 도처에서 그 근거를 얻을 수 있고, 또한 모두 사리에 들어맞는다는 사실을 알 수 있을 것이다.

후흑 전습록

어떤 이가 내게 물었다.

"당신은 '후흑학'을 창시하고서도 왜 번번이 실패하는 거죠? 왜 당신 제자의 기량이 당신보다 뛰어나 번번이 그 때문에 피해를 봅니까?"

"당신 말은 틀렸어. 대체적으로 창시자들은 최고 수준에 이를 수 없는 법이거든.

유교는 공자가 창시하고, 공자 자신이 그 최고 수준에 이르렀지. 안자·증자·자사·맹자 등이 모두 공자에게 배웠지만, 그들의 학문은 공자보다 한 단계 낮은 수준이야. 주돈이·정자·주자·장재 등은 또한 안자·증자·자사·맹자에게 배웠지만, 그들의 학문은 한 단계 더 낮을 뿐이지, 후에 주돈이·주자·장재 등에게 배운 사람들은 더더욱 형편없는 수준이고 말이야.

이처럼 갈수록 수준이 형편없어지는 이유는 바로 교주의 재능이 지나치게 컸던 탓이야. 동양 쪽의 학문은 모두 이와 같아. 도교의 노자, 불교의 석가모니가 모두 이렇지.

그러나 서양의 과학은 그렇지 않아. 발명했을 당시에는 아주 허술하기 짝이 없지만 연구해 갈수록 깊이가 깊어지더군.

증기기관을 발명한 사람은 단지 주전자 뚜껑이 증기에 밀려 올라가는 이치를 깨달았을 뿐이고, 전기 기구를 발명한 사람은 죽은 개구리의 다리가 운동하는 이치를 터득했을 뿐이네. 그 후에 후세 사람들이 계속 연구하여 여러 가지 용도를 갖춘 각종 기계들을 만들게 되었던 것이고. 처음에 증기나 전기를 발명한 사람들은 결코 예상하지 못했던 일이지.

서양의 과학을 보면 후세 사람들이 앞 세대를 추월하고 제자가 스승을 앞지르는 일이 태반이야.

내 '후흑학'도 서양의 과학과 마찬가지지. 나는 단지 주전자 뚜껑이 증기에 밀려 올라가거나 죽은 개구리의 다리가 운동하는 따위의 여러 이치들을 조금씩 언급할 수 있을 뿐이고, 후세 사람들이 더 많은 연구를 해 주기 바란다네.

이런 뜻에서 내 재능이 제자들에게 못 미치는 것은 당연하고, 내가 손해를 본다거나 패배하는 것도 당연한 거야. 허나 장차 그들이 다시 학생들에게 전수할 때는, 그들 자신도 역시 제자들에게 당하겠지. 새 세대가 이전 세대를 앞지르면서 '후흑학'은 당연히 번성하고 길이 빛나게 될 걸세!"

또 어떤 이가 물었다.

"당신은 '후흑학'을 그렇게 훌륭하게 얘기하는데, 그럼 왜 대단한 일을 하는 것은 정작 보지 못하겠는 거요?"

이 물음에 나는 이렇게 대답했다.

"내가 한번 물어 보겠소. 그래, 우리의 공자님께서는 도대체 얼마나 대단한 일을 하셨나? 그가 말한 소위 나라를 위한 정치라는 것이, 큰 제후의 나라를 다스리는 데 있어서 도대체 몇 가지나 실행이 되었나?

증자는『대학』을 저술하여 주로 나라를 다스리고 세상을 평정하는 데 대해 말하고 있는데, 그가 다스린 나라는 어디에 있는가? 평화로운 세상은 어디에 있는가?

자사는『중용』을 저술하여 '조금의 치우침도 없는 중화(中和) 단계에 이르면, 천지가 제자리를 찾고 만물이 육성된다'고 말하고 있는데, 도대체 그런 게 사실상 어디에 있는가?

당신은 그들에게는 물어 보지도 않고 도리어 나에게 묻는군 그래. 현명한 스승은 만나기 힘들고, 최상의 도는 듣기 어렵지. 이 가장 심오한 묘법은 천만 겁의 긴 세월이 지나도 한 번 만나기 힘든 것이야. 그런데도 당신은 이를 듣고 회의를 품으니, 스스로 일을 망칠 수밖에 없구먼."

1911년 내가 '후흑학'을 발표했을 때, 라씨 성을 가진 한 친구를 만났다. 그는 어느 현의 지시로 있다가 막 돌아왔는데, 자신이 재직 중에 어떠어떠한 공적을 세웠는지를 열거하며 흐뭇해했다. 그러나 또 한편으로는 어떤 일로 실수를 저지르는 바람에 관직을 박탈당하고 지금까지 소송 사건이 해결되지 않고 있다고 말하면서 풀이 죽은 모습을 보였다.

다음 화제가 '후흑학'에 미치자, 나는 처음부터 끝까지 그에게 소상히 말해 주었고, 그는 흥미진진해하며 듣고 있었다. 나는 그가 거의 넋을 잃고 듣고 있는 틈을 타서, 갑자기 벌떡 일어나 탁자를 쾅 하고 내리치고 크게 소리쳤다.

"이보게! 자네는 평생 일하는 동안 성공도 해 보고 실패도 해 보았잖아? 그래, 도대체 너의 성공의 원인은 어디에 있어? 실패의 원인은 어디에 있고? 도대체 후흑 이 두 자를 떠나서 생각할 수는 없잖아, 안 그래? 빨리 말해 봐! 빨리 말해 보라고!"

그는 내 말을 듣더니, 마치 우레 소리가 귀청을 뚫고 지나간 것처럼 한동안 멍하니 있다가 곧 탄식하며 말했다.

"정말 후흑 두 자를 떠나서는 아무 것도 생각할 수 없네."

라씨 성을 가진 이 친구는 마침내 깨달았던 모양이다.

내가 '후흑학'을 발표할 때 사용한 별호가 '독존'(獨尊)으로, 이는 '천상천하 유아독존'에서 따온 것이다. 사람들에게 편지를 쓸 때도 역시 이 별호를 사용하다가 후에 다시 '촉추'(蜀酋)라고 고쳐 썼다. 사람들이 촉추가 무슨 뜻이냐고 물었다.

내가 후흑학을 처음 발표하자, 어떤 사람이 나더러 미쳤다면서 정상적인 궤도를 이탈하고 도리를 어겼으니 정신병원에 갇혀야 한다고 주장했다. 그래서 나는 촉(蜀 : 사천 성의 다른 이름) 지방에 갇힌(囚) 사람이 되겠다고 별호를 '촉수'(蜀囚)라고 했다.(囚와 酋는 중국어에서 발음이 같다.)

그 이후에 많은 사람들이 후흑학을 신봉하게 됨에 따라, 사천 지방은 하나의 '후흑국'으로 바뀌게 되었다. 어떤 이가 "사천성 안의 어느 수령도 당신에게 종속되지 않은 이가 없더라"고 말했다. 그래서 나는 대뜸 "그렇다면 내가 촉(蜀) 지방의 우두머리(酋)가 되겠소" 하고 대꾸했다. 이 때문에 별호를 '촉추'(蜀酋)라고 지은 것이다.

게다가 나는 '후흑학'을 강의하면서 내가 직접 전수시켜 줄 만한 문하생을 얻게 되었다. 따라서 응당 옷과 바리때(밥사발)를 주어야겠지만, 내 생활이 집집마다 다니면서 문전걸식하는 처지라서 밥사발은 내가 사용하기 위해 남겨 두고 내 개가죽 저고리만 벗어 그에게 입혀 주었다. 때문에 독존의 독(獨) 자에서 개 견(犭) 변을 없애어 촉(蜀) 자가 된 것이다.

내게는 수제자가 많다. 그러나 수제자가 많은 반면에, 스승의 수준은 낮다. 제자의 수준이 한 장(한 치의 100배)의 높이라면, 스승의 수준은 한 치밖에 안 될 정도로 낮다. 그래서 독존의 존(尊) 자에서 치 촌(寸) 자를 없애어 추(酋) 자가 된 것이다.

이런 이유로 나는 '촉추'(蜀酋)라고 불릴 수밖에 없었다.

내가 '후흑학'을 발표하자, 일반 사람들이 읽고 대개는 다음과 같이 말했다.

"당신의 학문은 폭넓고 심오하며 마치 『대학』『중용』 같은 책을 읽은 것처럼, 우리는 이 책을 읽고 나서도 도무지 무슨 내용인지 갈피를 잡을 수가 없군요. 우리 우둔한 중생들을 위해 지침을 내려 주시고 실용적인 방법을 좀 전수해 주셔야, 우리가 그나마 겨우 따라할 수 있을 것 같습니다."

그래서 나는 그들에게 물었다.

"그대들은 무엇을 하고 싶은가?"

"관직을 얻고 대단한 일을 하여 사람들에게 모두 위대한 정치가로 인정받고 싶어요."

이렇게 대답들을 하기에, 나는 즉시 그들에게 「관직을 구하는 여섯 가지 요령」과 「공무원의 여섯 가지 지침 사항」과 「일 처리의 두 가지 비결」 등을 전수해 그들의 요망에 응해주었다.

1. 관직을 구하는 여섯 가지 요령

관직을 구하는 여섯 가지 요령은 즉 공(空)·공(貢)·충(沖)·봉(捧)·공(恐)·송(送)의 여섯 자이다. 그 뜻은 다음과 같다.

(1) 공(空)

공은 곧 한가하다는 뜻인데, 두 가지로 나누어 볼 수 있다.

첫째, 일을 두고 말하는 것으로, 관직을 구하는 사람은 모든 일에서 손을 떼라는 말이다. 다시 말해서 물건을 만들거나 장사를 하거나 농사도 짓지 않을 뿐더러 책도 읽지 말고 학문을 가르치지 말라는 것이다. 오직 관직을 구하는 데에만 전념을 해야 한다.

둘째, 시간을 두고 말하는 것으로, 관직을 구하는 사람은 조급하게 굴지 말라는 말이다. 오늘 성과가 없으면 내일이 또 있고,

올해 성과가 없으면 내년이 또 있다고 생각하는 인내심을 가져야 한다.

(2) 공(貢)

이 글자는 차용해 온 것으로, 사천 지방의 속어이다. 그 뜻은 권세에 빌붙는다는 찬(鑽) 자와 같다.

관직을 구하려면 권세에 빌붙어야 한다는 것쯤은 이미 모든 사람들이 다 알고 있는 바이다. 그렇지만 그 정의를 내리기는 쉽지 않다. 어떤 이는 "공(貢) 자의 뜻은 구멍이 있으면 반드시 비집고 들어가야 한다는 것이다"라고 말한다.

나는 이 말에 대해 "틀렸어! 단지 절반만 언급했을 뿐이야. 구멍이 있어야 겨우 비집고 들어가고, 구멍이 없으면 어쩔 도리가 없다는 말인가?"라고 되물었다.

이에 내가 내린 정의는 다음과 같다.

"구멍이 있으면 반드시 비집고 들어가고, 구멍이 없어도 뚫고 들어가야 한다. 구멍이 있는 자는 그것을 확대시키고, 구멍이 없는 자는 송곳을 꺼내 새로 구멍을 뚫어야 하는 법이다. 즉 이 구멍은 돌파구인 것이다."

(3) 충(沖)

흔히 '허풍떤다'고 말하는데, 사천 말로는 '충마오크어쯔'(沖帽賣子)라고 한다. 허풍떠는 재주는 두 가지로 나누어 볼 수 있는데, 말로 하는 재주와 글로 하는 재주가 그것이다.

말로 하는 것은 다시 일반적인 장소에서 하는 것과 상관 앞에서 하는 것을 구별하지 않으면 안 되고, 글로 할 때도 신문과 잡지를 이용할 경우와 편지나 진술서를 이용할 경우를 구별하여 사용해야 한다.

(4) 봉(捧)

봉은 즉 치켜 올린다는 뜻이다. 연극 〈삼국연의〉에서 무대에 위공(魏公 : 조조)이 나타날 때 화흠(華歆)의 거동이 가장 좋은 예이다.

(5) 공(恐)

이 글자는 공갈 협박한다는 뜻이다. 이 글자의 이치는 아주 심오하기 때문에, 내가 쓸데없는 말을 몇 마디 좀 늘어놓겠다.

관직이라는 것이 그 얼마나 귀중한 것인데 어떻게 쉽사리 줄수 있겠는가?

어떤 사람은 방금 말한 '치켜 올리는'(捧) 짓을 수만 번이나 해도, 아무짝에도 소용이 없었다. 이것은 바로 공갈 협박하는 수완이 부족하기 때문이다.

어느 지위에 있는 사람이건 간에 모두 약점을 갖고 있기 때문에. 그의 급소를 찾아 살짝 찌르기만 하면 질겁하고 놀라서 당장 관직을 내줄 것이다. 따라서 반드시 아첨과 공갈 협박을 함께 써야 한다.

공갈 협박을 잘 하는 자는 상대방을 치켜 올리면서 은연중에 위협을 가한다. 옆 사람이 보기에 그가 상관 앞에서 하는 말은 구구절절이 입에 발린 소리 같지만, 사실은 암암리에 급소를 찌르기 때문에 상관이 그 말을 듣고 등에 식은땀을 흘릴 정도이다.

역으로, 아첨을 잘 하는 자는 협박하는 가운데 치켜세워 준다. 옆 사람이 보기에 그가 오만하게 도끼눈을 부릅뜨고 하는 말은 상관을 탓하는 것처럼 들리지만, 오히려 당하는 쪽은 진심으로 기뻐하며 편안해한다.

가장 중요한 점은 공갈 협박을 할 때 적당히 해야 한다는 것이다. 만약 도가 지나치면 어르신네들께서 수치심을 느낀 나머지 분개하여 맞설 테니, 어찌 관직을 구하려는 취지와 어긋나지 않겠는가? 무엇 하러 이렇게 하는가? 부득이한 경우가 아니고서는 공갈 협박을 함부로 사용하지 말라!

(6) 송(送)

이는 뇌물을 주는 것을 말하는데, 크고 작은 두 가지로 나눌 수 있다. 크게는 지폐뭉치나 은화를 보내는 것이고, 작게는 저녁을 대접하거나 주점에서 한턱내는 것 따위이다.

뇌물을 받는 쪽은 두 부류로서, 임용권을 쥐고 있는 자와 아직 임용권을 쥐고 있지는 않지만 자신에게 도움을 줄 수 있는 자로 나뉜다.

이상의 여섯 가지를 실행한다면 틀림없이 효력을 볼 것이라고 장담한다. 상대방 고관 어르신네는 혼자 골똘히 다음과 같이 생각할 것이다.

"그자는 관리가 되고 싶다고 여러 차례 부탁하였고(空, 다른 일은 비워두고 구직에만 매달린 효력), 나와 이러저러한 관계가 있고(貢, 권세에 빌붙어 구멍을 잘 판 효력), 상당히 쓸모도 있는 것 같고(沖, 허풍을 떤 효력) 나를 무척 공손하게 잘 받든다(捧, 아첨을 한 효력). 거기다 그자는 제법 수완도 있어서 만약 내편으로 삼지 않으면 나중에 성가시게 된다(恐, 공갈 협박을 한 효력)."

그러다 고개를 돌려 탁자 위에 수북이 쌓인 선물 꾸러미들을 보고(送, 뇌물의 효력) 더 생각할 게 없어졌다. 그는 즉시 붓을 들고 아무개에 대한 임명장을 써내려갈 것이다.

일이 이렇게 되면, 관직을 구하는 일이 원만하게 해결되었다고 할 수 있을 것이다.

이제 부임하게 되면 「공무원의 여섯 가지 지침 사항」을 그대로 실행토록 하라.

2. 공무원의 여섯 가지 지침 사항

공무원의 여섯 가지 지침 사항은, 즉 공(空)·공(恭)·붕(繃)·흉(兇)·농(聾)·농(弄)의 여섯 자로, 그 뜻은 다음과 같다.

(1) 공(空)
이는 내용이 없다는 뜻인데 두 가지 면에서 나타난다.

첫째로는 서면 상에서 나타난다. 대체로 상급 관청에서 하급 관청의 신청에 대해 답신하는 공문서들은 하나같이 내용이 없다. 하지만 그 속에 묘한 의미를 담고 있다. 자세히 말하기는 어렵지만, 군·정 각 기관의 서류는 끝까지 읽어 내려가야만 비로소 그 내용을 불현듯 알아차릴 수 있게 된다.

둘째는 일 처리에서 나타난다. 제멋대로 일 처리를 하여 동쪽으로 가건 서쪽으로 가건 그건 아무래도 상관없다. 그러나 외관상으로는 그야말로 유능한 공무원처럼 명쾌하게 일을 처리하는 듯한 솜씨를 보여주지 않으면 안 된다. 동시에 때때로 엄격하고 신속한 듯 임하는 것도 필요하지만, 그럴 경우에는 반드시 한쪽으로 빠져나갈 구멍을 마련해 놓아야 한다. 만약 정세가 불리하다고 여겨지면 그 길로 내빼 버리면 되기 때문에 결코 염려할 필요가 없다.

(2) 공(恭)

아첨하고 비위를 맞추고 아양 떠는 것을 말하는데, 두 가지로 나누어 볼 수 있다. 직접적으로는 상관에게 하는 것과 간접적으로는 상관의 친척과 친구, 고용인 및 첩과 같은 주위 사람들에게 하는 것을 말한다.

(3) 붕(繃)

속어로 뻣뻣하게 군다는 말로, 아랫사람과 백성들을 대하는 태도를 일컫는데, 두 가지로 나누어 볼 수 있다.

첫째, 외관상으로 위엄을 갖춘 큰 인물이라 감히 범접하지 못하게 만드는 인상을 풍긴다.

둘째, 어투로 보아 엄연히 경륜을 갖춘 대단한 인물로 여기게 한다.

아첨하는 대상은 밥줄을 쥐고 있는 사람에 대해서이지만, 반드시 윗사람일 필요는 없다. 뻣뻣하게 대하는 대상은 밥줄을 쥐고 있지 않은 사람에 한해서이지만, 반드시 아랫사람과 백성들일 필요는 없다.

종종 밥줄의 권한이 상관에게 있지 않을 때가 있으므로, 상관에게 뻣뻣하게 굴어도 무방하다. 때로는 아랫사람이나 백성들이 밥줄의 권한을 쥐고 있는 경우가 있으므로, 그때는 얼른 태도를 바꿔 적당히 비위를 맞춰 준다.

(4) 흉(兇)

내 목적만 달성할 수 있다면 남이야 처자식을 팔아치우든 말든 상관할 바 아니다. 그러나 반드시 주의해야 할 것은, 그러한 흉악함 위에 반드시 인의도덕의 탈을 뒤집어써야 한다는 사실이다.

만일 이것을 잊어버린다면 생각지도 않은 원한을 사게 되어 모처럼 품었던 큰 뜻도 중도에서 좌절당하고 마는 비운에 처하게 될 경우가 없지 않을 것이다.

(5) 농(聾)

이는 귀먹은 듯이 처신하라는 말이다. "비웃고 욕하려거든 마음대로 해라. 그러나 좋은 자리는 내 차지다"라는 식이다.

귀머거리에 장님의 뜻도 포함해서, 남이 헐뜯고 비방하는 말을 하건 말건 비방하는 글을 쓰건 말건, 귀 막고 못들은 체 눈감고 못 본 체하라는 것이다.

(6) 농(弄)

이는 곧 돈을 가지고 논다는 뜻이다. 예컨대 천 리나 떨어진 먼 곳에서 용이 찾아와 이곳에 마지막으로 승천하기 위해 거처할 굴을 정하는 것과 같은 격으로, 앞에서 언급한 11가지 요령은 모두 이를 위해 준비된 것이다.

돈을 가지고 논다(농 弄)는 것은 저 앞에서 말한 뇌물을 주는 것(송 送)과 합해서 사용해야 한다. 왜냐하면 '송'이 있음으로 '농'의 존재가 가능하고 '송'과의 병행하는 것에 따라 그 효과가 대단히 다르게 나타나기 때문이다.

기대했던 만큼의 성과가 있다면 물론 문제가 없지만 때에 따라서는 그렇지 않을 경우도 있기 때문에 그럴 때는 다시 어느 정도의 투자를 계속해야 하며, 그렇게 해도 절대 헛되지 않다. 성공만 하면 그 정도의 투자는 어떠한 방법으로든지 회수할 수 있는 것이고 또 그때는 사양 없이 회수해도 좋다.

앞서 말한 「관직을 구하는 여섯 가지 요령」과 지금 말한 「공무원의 여섯 가지 지침 사항」 등 12가지 사항은 내가 대강 터득한 것에 불과하다. 더욱 많은 이치들을 설명하지 못한 바 없진 않으나, 관직에 뜻을 둔 자들은 이 경로를 따라 스스로 연구하고 잘 활용하면 효과를 기대해도 결코 실망하지 않을 것이다.

3. 일 처리의 두 가지 비결

(1) 화살대 자르는 법

어떤 사람이 화살을 맞고 외과 의사에게 치료를 부탁했다. 의사는 대충 화살대만 톱으로 자르고 곧 치료비를 요구하였다. 그 사람이 의사에게 어째서 화살촉은 뽑지 않느냐고 묻자, 의사는 그건 내과의 일이니, 내과를 찾아가서 하라고 말했다.

이것은 전해져 내려오는 이야기 한 토막인데 오늘날 중국의 정부 각 기관에서 하는 일 처리는 대개 모두 이런 방식이다. 예를 들어 한 공문서의 서식을 살펴보자.

"보고된 문서에 의하면 그 사건은 불합리한 사건이다. 그러므로 해당 현의 지사에게 명령하여 명확하게 조사한 다음 엄중히 처벌토록 하겠다."

'불합리한 사건'이라는 말은 우선 외과에서 '화살대를 톱으로 자른' 것이다. 그리고 '해당 현의 지사에게 조사하도록 하고 엄중 처벌하겠다'는 틀에 박힌 문구가 있는 데 이때 해당 현의 지사가 바로 '내과'이다.

또 예를 들어 어떤 이에게 한 가지 일을 처리해 달라고 부탁할 때, 그가 내 말을 듣고 나서, "도와주고 싶지만 혼자만으로는 결

정하기 어려우니 다른 사람들과 상의해 봐야겠다"고 말했다고
하자. 이때 '도와주고 싶다'는 말은 화살대를 톱으로 자른 것에
해당되고, '다른 사람들'은 내과에 해당된다.

또 어떤 이가 "내가 이 부분을 우선 처리할 테니, 나머지는 차
후에 하자"고 말했다고 하자. '우선 처리한다'는 말은 화살대를
톱으로 자른 것에 해당되고. '차후'라는 말은 내과에 해당한다.

심지어 이런 경우를 넘어서서, 화살대를 톱으로 잘라 주기만
하고 내과를 찾아가라고 일러주지도 하지 않거나, 화살대조차
잘라 주지 않고 내과를 찾아가라고 호령하는 등 제각각이다. 찬
찬히 뜯어보면 자연히 깨닫게 될 것이다.

(2) 솥땜질법

어떤 사람이 밥솥에서 물이 샐 정도가 되어 땜장이에게 수선을
의뢰하였다. 땜장이는 쇳조각으로 솥의 그을음을 벗겨 내면서
솥 주인에게 말했다.

"담뱃불 좀 주쇼."

이때 그는 주인이 담뱃불을 가지러 간 틈을 타서 망치로 솥의
갈라진 부분을 몇 번 두드려, 갈라진 금이 더 늘어나게 만들었다.
이윽고 주인이 돌아오자, 그에게 솥을 보여 주면서 능글맞게 말
했다.

"이 솥은 금이 아주 많이 가 있소이다. 그을음 때문에 금이 간
게 보이지 않았지만 자, 내가 이렇게 그을음을 벗겨 냈더니만 훤
히 드러나지 않소? 못으로 더 땜질을 하지 않으면 안 되겠구려."

주인은 고개를 숙이고 땜장이가 가리키는 곳을 보더니 놀라면서 말했다.

"정말 그렇군! 오늘 당신이 오지 않았더라면, 이 솥은 아마 사용할 수 없었을 거요."

마침내 땜질이 다 끝나고, 주인과 땜장이는 모두 기쁜 마음으로 헤어졌다. 이 땜장이가 발휘한 후흑적인 특질은 훌륭하게 성공하여 상대방을 만족시키고 자기는 추가적인 이득까지 얻게 된 것이다.

정장공이 동생인 공숙단의 못된 짓을 평소에는 눈감아 주다가 나중에 결정적 계기를 잡아 군사를 일으켜 정벌해버린 것도 바로 이 방법을 사용한 것이다.

역사상으로 이와 같은 일은 매우 많다.

어떤 이는 "변법(變法 :근대 중국 사회 전반에 걸친 위로부터의 개혁)은 대개의 경우 좋은 살을 베어 상처를 악화시켜 놓고 나서 치료를 시작하는 방법을 취하는 경우가 허다하다"고 말한다. 이는 바로 '솥땜질법'을 사용한 것이다.

청나라 관아에서는 대부분 '화살대 자르는 법'을 사용하였다. 민국 이래로는 '화살대 자르는 법'과 '솥땜질법' 두 방법을 모두 사용하였다.

위에 적은 두 가지 비결은 일을 처리하는 일종의 원칙이다. 동서고금을 막론하고 이 원칙에 맞으면 성공하고, 이 원칙에 어긋나면 실패한다.

관중(춘추 시대 제나라의 재상)은 중국의 대정치가로서, 일을 처리할 때 이 두 가지 방법을 다 사용하였다.

북방의 민족이 위나라를 공격하자. 제나라는 일단 군사 행동을 삼가고 기회만을 엿보다가 북방 민족이 위나라를 멸망시키고 나서야, 비로소 '망한 나라를 일으켜 세우자'는 의거를 일으켰다. 이것은 말할 필요도 없이 처음에는 쌍방이 싸우도록 내버려 두었다가 승부가 기울어진 다음에서야 기병하여 유리한 입장에 서서 큰 명분을 가지고 싸우겠다는 심보다. 이것이 바로 '솥땜질법'이다.

소릉에서 맹약을 체결할 때 관중은 초나라가 제왕의 칭호를 참칭한 것을 탓하지 않고 공물을 바치지 않은 것만을 탓하니, 이것이 바로 '화살대 자르는 법'이다.

그 당시에 초나라는 제나라보다 강했다. 그럼에도 관중은 제환공에게 군사를 일으켜 초나라를 칠 것을 권유하였다. 이는 솥을 두드려 손상된 부위(초가 제왕의 칭호를 참칭한 것)를 키워놓고 수선하는 과정에서 이득을 얻겠다는 '솥땜질법'이다.

그런데 초나라가 의외로 강경한 태도를 보이자, 관중은 즉시 화살대를 자르고 사태를 수습하였다. 관중은 다른 것은 모두 불문하고 초나라가 주 왕실에 공납해야 할 초의 특산물 모초를 바치지 않은 것만을 지적했고, 초에서도 모초의 문제일 뿐이라면 공납하겠다고 약속하여 일이 무사히 처리되었다.

즉 소릉에서의 맹약은 '솥땜질법'으로 시작해서 '화살대 자르는 법'으로 끝난 것이다. 관중은 솥을 부숴 놓고도 수습할 수 있었기 때문에 천하의 귀재로 불리는 것이다.

　명나라 말엽 난을 일으킨 이자성은 처음에는 세력이 미미해 관군에게 포위당했다. 당시 무신은 이자성을 경시하여 포위를 풀어주고 말았다. '솥땜질법'을 이용하려 한 것이다.
　그러나 이후 이자성의 기세가 강해져 감당하지 못하고 결국 나라가 망하고 임금이 죽는 지경에까지 이르렀다. 솥을 부수고 땜질을 제대로 못했기 때문이다.

　악비(남송의 충신)는 중원 땅을 회복하고 두 왕을 모셔 오고 싶어 했다. 그래서 그는 화살대를 자르는 것이 아닌 화살촉을 뽑아내려는 생각을 품었다가 목숨을 잃는 화를 당했다.
　북송 말년, 동북의 여진족 금나라가 남하하여 송나라의 수도 변량(개봉)을 공략하였다. 태상황 휘종 및 황제 흠종은 포로가 되었고 화북 일대는 금이 점령해버렸다. 흠종의 동생 강왕은 남방으로 피하여 고종으로 즉위하고 저항했다. 이때 고종 밑에 있으면서 활약한 이가 바로 명장 악비이다. 그는 중원을 회복하고 휘종 흠종 두 제왕의 탈회를 기도했지만 두 제왕의 탈회에 대해서는 고종이 싫어했고 재상 진회는 악비의 전공을 질시했다. 결국 악비는 억울하게 죽었다.

　명나라 때 영종도 포로가 된 적이 있었는데, 우겸은 그를 돌아오게 손써서 화살촉을 뽑아 낼 셈이었다. 그런데 그 역시 목숨을 잃는 화를 당하고 말았다.

영종은 오이라트부의 에센을 토벌하려다 패하여 그의 포로가 되었다. 병부상서 우겸은 영종의 후임으로 대종을 옹립하고 에센의 책모를 분쇄했다. 에센이 영종을 돌려보내자 명의 조정은 신·구 황제 문제로 분란에 빠졌고 영종이 다시 황제의 자리에 오른 후 우겸은 모함에 의해 살해당했다.

이는 무엇 때문인가? 후흑의 원칙에 어긋났기 때문이다.

동진 때 왕도가 재상으로 있었을 당시 한 역적 무리가 있었다. 그런데 그가 도무지 역적 무리를 토벌하러 갈 생각을 않자, 도간이 그런 왕도를 나무라는 글을 보냈다. 그러자 왕도는 회신에서 이렇게 말했다.

"나는 잠자코 때를 엿보며 귀하를 기다리던 참이었소."

도간은 이 편지를 보고 웃으며 말했다.

"그는 단지 숨어서 도적을 기다리고 있는데 지나지 않아."

왕도가 '잠자코 때를 엿보며' 도간을 기다린 것은 화살촉을 남겨 두고 오직 내과 의사를 기다리고만 있는 셈이다.

한 번은 여러 유명 인사들이 신정(남경 밖 양자강 변 정자)에 모였다. 당시 북방이 오호에게 공략된 후 회복될 기미를 보이지 않아 중신들은 비탄의 눈물을 흘리고 있었다.

왕도는 안색이 변하면서 다음과 같이 말했다.

"지금 왕실을 위해 힘을 합하여 신주(중국) 회복에 힘써야 할 때요. 어찌 초나라 포로(타향에서 고향 생각을 절실히 하는 자를 비유)처럼 울고만 있겠소?"

그는 얼굴에 정의롭고 엄숙한 기색을 띠고서 손에 망치를 들고 솥을 땜질하는 척 했으나, 사실상 두 마디의 그럴 듯한 말로 끝낸 셈이다. 희제와 민제 두 왕은 북방에 잡혀가서 평생 돌아오지 못했으니, 결국 화살촉을 영원히 뽑아 내지 못했던 것이다. 왕도의 이러한 태도는 관중과 다소 비슷한 데가 있어 역사가들은 그를 '강동의 관중'이라 불렀다.

독자들이 만일 내가 말한 방법에 따라 실행할 수 있다면, 틀림없이 관중 이후의 제일가는 대 정치가가 될 것이다.

4. 결론

이상으로 '후흑학' 강의를 마쳤다. 내가 특히 독자들에게 한 가지 일러 둘 말은, 두꺼운 낯가죽과 시커먼 속마음을 발휘할 때 겉으로는 반드시 '인의도덕'이란 탈을 뒤집어써서 그것을 적나라하게 드러내지 말라는 것이다.

왕망(한나라 평제를 죽이고 왕위를 빼앗아 신나라를 세웠다가 15년만에 망했다)이 실패한 원인도 바로 이를 너무 노골적으로 드러냈기 때문이다. 만일 이를 평생 드러내지 않았다면, 아마 오늘날 공자의 묘에는 '선대의 유학자 왕망의 자리'라고 적히고 후세인이 차려주는 제사상을 실컷 받아먹을 수 있었을 것이다.

한비자의 『설난』(說難) 편에 "속으로는 그 말을 칭찬하면서도, 겉으로는 싫어하는 척한다"는 말이 있다. 내 제자들은 반드시 이 방법을 터득해야 한다.

"이종오를 아느냐?"고 만일 누가 그대에게 묻거든. 준엄한 얼굴로 이렇게 대답하라. "그 사람은 아주 형편없소. '후흑학'인가 뭔가를 떠들고 다니는가 보던데, 나는 그자를 모르오."

입으로는 비록 이와 같이 말하더라도, 마음속으로는 늘 공경하여 '대성지성선사(大聖至聖先師 : 공자에 대한 존칭) 이종오의 자리'를 마련하도록 하라. 과연 이렇게만 할 수 있다면 너는 틀림없이 온 세상을 깜짝 놀라게 할 만한 일을 하여. 세상 사람들이 모두 탄복한 채 너를 우러러 떠받들게 될 것이다. 죽어서도 공자묘에 들어가 제사상을 받아먹을 수 있게 될 것이다.

때문에 나는 사람들이 나를 욕하는 것을 들을 때마다, 오히려 매우 기뻐하며 이렇게 말하게 된다.

"나의 도가 크게 행해지는구나."

다시 말하거니와, 나는 이렇게 말했다.

"두꺼운 낯가죽과 시커먼 속마음 위에 인의도덕의 탈을 뒤집어써야 한다."

이는 도학선생을 만났을 경우를 가리켜 말한 것이다.

만약 이성 문제로 의논해 오는 친구를 만났는데 그대 또한 그에게 인의도덕 따위를 읊어 댄다면, 어찌 스스로 따분한 일을 자초하는 것이 아니겠는가? 이때는 응당 '연애는 신성하다'는 말로 때워라. 그래야 내가 그대를 친구로 부르지 않겠는가?

요컨대 겉으로는 응당 무엇 무엇을 뒤집어쓰고 있어야 하지만 (물론 그때그때 무엇을 뒤집어 써야 하는지를 명확히 알아야 한다), 그 안의 두꺼운 낯가죽과 시커먼 속마음은 아무리 변해도 그 본질을 벗어나지 않도록 해야 한다. 이 학문에 뜻을 둔 자는 이를 깊이 명심해야 할 것이다!

* 전습록(傳習錄)이라고 하는 것은 원래 왕양명(王陽明)의 제자인 서애(徐愛)가 스승의 강의를 기록한 것이다. 이 글은 그 제목을 빌려 「후흑전습록」이라고 했는데 말할 필요도 없이 이것은 후흑의 시조가 제자에게 후흑의 실천 방법을 전수하는 형식의 글이다.

성인에 대한 나의 회의

세상에서 가장 이상한 일은 삼대(중국 고대 하·은·주 세 왕조) 까지는 많은 성인(聖人)들이 배출되었으나, 삼대 이후로는 씨가 말라 단 한 명도 출현하지 않았다는 것이다!

진·한대 이후에 성인들을 본받고자 하는 자가 수천 수백만 명에 달해 그 수를 헤아릴 수 없을 정도였지만, 결국은 한 명도 성인이 되지 못했다. 그 중 가장 뛰어난 자가 기껏해야 현인(賢人)의 위치까지 다다른 것이 고작이다.

도대체 어떤 사람이 성인이 될 수 있단 말인가? 만약 성인이 되긴 될 수 있다면 진·한대 이후 그렇게 많은 사람들이 열심히 공부했는데 성인이 적어도 한 명쯤은 나왔어야 한다. 만약 성인이 될 수 없는 것이라면 우리는 무엇 때문에 매일같이 그들의 책에 필사적으로 매달려 공부한단 말인가?

삼대까지는 성인이 있는데 삼대 이후로는 성인이 없다니, 이거야말로 고금을 통틀어 가장 해괴한 일이라고 하겠다. 우리가 흔히 성인으로 칭하는 사람들은 요임금 순임금 우임금 문왕 무왕 주공 공자 등이다. 우리가 그들을 한 번 살펴보면, 오직 공자 한 사람만 평민 출신이고 나머지 성인들은 모두 개국 제왕일 뿐만 아니라 후세 학파의 시조이다. 여기에서 그 허점이 드러난다.

원래 주·진 시대 여러 사상가들은 제각각 자신들의 학설을 주장하면서 스스로 진리를 발견했다고 여겼다. 따라서 그것을 실행하기만 하면 곧 나라를 구하고 백성들을 구할 수 있다고 각자 확신하였다. 그러나 유감스럽게도 지위가 낮으면 그 사람의 의견도 무시되기 마련으로 아무도 믿고 따르는 자가 없었다.

사람들은 모두 권세를 동경하고 두려워한다. 대부분의 사람들은 권력을 쥐고 있는 자의 말에 복종한다. 이 세상에서 권세가 크기로는 왕, 그 중에서도 특히 개국 제왕만한 자가 없다. 한편 그 당시의 서적들은 죽간으로 만들어졌기 때문에, 책을 구해 볼 수 있는 자는 아주 극소수였다.

따라서 새로운 학설을 발명한 자들은 모두 "나의 주장은 바로 책에 쓰여 있는데, 개국 제왕 아무개가 전해 준 것이다"라고 말들 한다. 그리하여 도가는 황제에게 의존하고, 묵가는 우임금에게 의존한다. 농경을 병행하자고 제창한 자는 신농(중국 전설상의 제왕, 농업의 신으로 숭배됨)씨에게 의탁한다. 본초학(약재·약학에 관한 학문)을 저술한 자 또한 신농씨에게 의존하며, 병서를 저술한 자는 황제에게 의존하였다.

이 외에도 제자백가의 기타 잡기 및 각종 발명은 개국 제왕들에게 의존하지 않은 것이 하나도 없다.

공자 역시 바로 그 기간에 태어났기 때문에 예외가 아니다. 그가 의존했던 사람은 더욱 많은데, 요임금 순임금 우임금 문왕 무왕 이외에도 노나라를 세운 주공 등이 있다. 따라서 공자는 이 모든 것들을 집대성한 사람이다.

주·진 시대 제자(諸子)들은 각자 이런 방법으로 훌륭한 말과 덕행 등을 들면서 고대 제왕들을 끌어들였다. 이에 따라 고대 제왕들은 모두 가만히 앉아서 남이 이뤄 준 명성을 누리며 후세 학파의 시조가 되었다.

주·진 시대의 제자들은 각자 자신들의 학설을 발표한 뒤에 문하생들을 모아 놓고 강의를 했다. 그 각각의 문하생들은 모두 우리의 스승님이 성인(聖人)이라고 우겨댔다. 그렇게 함으로써 자신들이 습득한 학문에 금박이 찍히기 때문이다.

본래 성인이란 두 글자는 예전에는 그다지 고귀한 것이 아니었다. 『장자』의 「천하편」에 의하면, 성인 위에 다시 천인(天人), 신인(神人), 지인(至人) 등의 명칭이 있다. 성인은 네 번째 등급에 놓이는데, 성(聖) 자의 뜻은 단지 '듣는 대로 다 알고 통달하지 않은 것이 없다'는 것에 불과하다. 따라서 총명하고 이치에 밝은 사람은 모두 성인으로 불릴 수 있는 것이다. 이는 예전에 짐(朕) 자를 일반 사람들이 모두 칭할 수 있었던 것과 마찬가지이다.

그러나 이후에 짐 자, 성 자는 제왕이 쓰는 용어로 정하고 일반 백성들이 사용하는 것을 금하게 되자, 두 글자가 고귀해지기 시작했다.

공자의 제자는 공자를 성인이라고 하고, 맹자의 제자는 맹자를 성인이라고 부른다. 노자, 장자, 양자, 묵자 등도 물론 일부 사람들에 의해 성인으로 불렸다. 그러다 한나라 무제 때에 이르러 6경(시경 서경 역경 춘추 예기 악)만을 받들고 기타 제자백가들은 배척하였다. 즉 주·진 시대의 제자백가 가운데 공자 한 사람만을 선택하여 성인으로 인정하고 다른 이들의 성인이란 칭호를 일제히 박탈해 버렸던 것이다.

공자는 곧 황제의 은혜를 입은 성인으로 추앙되었다. 공자가 성인인 이상, 그가 우러러 받든 요임금 순임금 우임금 탕왕 문왕 무왕 주공 등도 물론 성인이다. 따라서 중국의 성인은 오직 공자 한 사람만 평민이고, 나머지 사람은 모두 개국 제왕이다.

주·진 시대 여러 사상가들이 자신의 학설을 고대 제왕에게 의존한 것은 부득이한 일이었다. 예를 들어 증명해 보자.

남북조 시대에 장사간이란 사람이 있었다. 그는 자신의 글을 우눌에게 보여 주었다가 심하게 비판만 당했다. 장사간은 그 글을 조금 손보고 나서 심약(양나라의 저명한 문인)의 이름을 빌렸다. 그리러 나서 그 글을 다시 우눌에게 갖다 보여 주니, 그는 한 구절 한 구절 읽어 내려갈 때마다 입에 침이 마르게 칭찬하는 것이었다.

청나라 때 진수원이란 사람은 『의학삼자경』을 저술하였는데, 처음에는 엽천사란 이름을 썼다가 그 책이 유행하자 그제야 자기 이름으로 바꾸었다. 이는 진수원의 책 서문에서 알 수 있다.

이상의 두 가지 예에서 알 수 있듯이, 만약 주·진 시대의 제자 백가들이 개국 제왕에게 의존하지 않았다면 아마 우리의 학설은 이미 자취를 감췄을 것이다. 그렇지 않았다면 그 학설들이 어떻게 오늘날까지 전해 올 수 있었겠는가? 주·진 시대의 제자들은 단지 세상을 구하는 데에만 뜻을 두었을 뿐이다. 때문에 이런 방법이라도 사용하여, 그들의 학설을 지속시켜야 했다. 후세 사람들은 적잖이 그들의 은혜를 입었으므로, 우리 모두 그들에게 감사해야 한다. 단 그러나 진리를 위해서는 그런 그들의 내막을 들추어 내지 않을 수 없다.

공자 다음으로 평민 가운데서 성인 한 사람이 나타났으니 그가 바로 누구나 다 아는 관우다. 일반 사람들은 죽으면 그의 사업도 끝이 나기 마련이지만 관우는 죽은 후에도 많은 업적을 이루어 놓았다. 놀랍게도 성인의 칭호를 얻었고, 또 『도원경』『각세진경』 등의 책을 저술하여 세상에 널리 전했다. 공자 이전의 성인들이 이룬 사업과 저술도 아마 관우와 엇비슷할 것이다.

오늘날 한 벽촌에 부귀영화를 누리고 있는 사람이 있다고 하자. 그것을 보고, 인과응보를 믿는 자는 그가 남몰래 덕을 많이 쌓았다고 말할 것이다. 풍수지리를 믿는 자는 그의 조상의 묏자리가 좋다고 하고, 관상을 중시하는 자는 그의 얼굴 생김새가 어떠하니 보통 사람들과 다르다고 할 것이다.

옛날 사람들의 마음도 오늘날과 비슷하리라고 본다. 아마 인과응보를 믿는 자들은 나라의 기틀을 마련한 제왕을 보면, 그의 품행이 얼마나 좋고 그의 도덕심이 얼마나 훌륭한지 한결같이 입을 모아 떠들어 댔을 것이다. 그런 말들이 그대로 전해져서, 주·진 시대 제자백가들이 저술하는 데 자료가 되었다.

게다가 사람들에게는 대개 선입견이 있어서 눈에 비치는 것을 선입견에 맞추어 곧바로 변형시킨다. 녹색 안경을 낀 사람 눈에는 보이는 것마다 모두 녹색이고, 노란색 안경을 낀 사람 눈에는 보이는 것마다 모두 노란색으로 바뀐다. 주·진 시대의 사상가들은 모두 자신의 시각으로 선조들을 받아들인 것이다. 선입견에 맞춰 본 선조들이 마침 그들의 학설과 부합되었던 것뿐이다.

먼저 성인들 가운데 우임금을 들어 고찰해 보기로 하자. 그는 발바닥이 다 닳고 정강이의 털이 다 뽑혀져 나가도록 돌아다니며 백성을 위해 염려하다 못해 얼굴색이 까맣게 변했다. 즉 온몸이 다 닳도록 수고하는 박애자와 같은 모습이었다.

그런데 한비자는 이렇게 말하고 있다.

"우임금이 회계에서 제후들을 모이게 했을 때, 방풍씨 제후가 늦게 도착하자 그를 베었다."

즉 한비자의 눈에 우임금은 산처럼 확고부동하게 법을 집행하는 위대한 법가(法家)였다.

공자는 다음과 같이 말하고 있다.

"우임금은 내가 칭찬할 만하다. 자신은 변변치 못한 음식을 먹더라도 조상의 제사를 극진히 떠받들었고, 평소 초라한 의복을 입어도 상복(또는 관복)은 훌륭히 차려 입었으며, 누추한 집에 거처하면서 치수 사업에 온 힘을 다 기울였다."

공자가 보아 우임금은 정말 유학자다운 면모와 근면하기 짝이 없는 기상을 지녔다고 하겠다.

위·진 이후의 선양문(禪讓文 : 혈연관계가 없는 자에게 무력충돌 없이 왕위를 물려주는 것)을 읽어 보면, 우임금의 행동이 또 조비, 유유 등의 인물과 비슷함을 알 수 있다.

송나라 유학자들은 정신을 한곳에 집중하는 그의 심법을 언급함으로써, 우임금은 또한 털끝만한 작은 이치까지도 따지고 드는 성리학자가 되었다.

잡다한 이야기들을 모아놓은 책에 보면 그가 도산씨라는 여우 같은 여자와 결혼했는데, 마치 『요재지이』(포송령이 쓴 기이한 이야기 모음) 중의 부자 집 도령과 비슷하다고 적고 있다. 우임금은 도산씨를 위해 얼굴에 바르는 분을 만들었으니, 또한 부인의 눈썹을 그려주는 풍류객 장창과 같다고 기록하였다. 그는 또 치수 사업을 할 때 술수를 부리는 모양이 마치 『서유기』의 손오공 같고, 『봉신방』의 강자아 같다고 말하고 있다.

그런데 이종오의 안목으로 보자면 그는 처음에 친부모를 잊고 원수를 섬기다가 그의 천하를 빼앗고, 결국 원수를 창오의 들녘으로 몰아 죽였으니, 그야말로 '후흑학'의 주요 인물이다.

이렇게 그는 보는 사람에 따라 달라지는 도무지 종잡을 수 없는 사람이다. 다른 성인들도 우임금과 별 차이가 없다.

따라서 우리가 좀 더 깊이 생각해 보면 성인의 내막을 확실히 알 수 있다. 즉 성인은 후세 사람들의 환상으로 이루어진 인물이고, 각자의 환상은 다르기 때문에 그 각각의 형상 역시 다르다는 것이다.

내가 저술한 『후흑학』은 지금으로부터 진·한 시대로 거슬러 올라가 추론해 봐도 맞아떨어지고 춘추 시대를 추론해 보아도 역시 맞아떨어진다. 이로 볼 때 춘추 전국 시대로부터 지금에 이르기까지 사람들의 심리가 서로 똑같다는 것을 알 수 있다.

하지만 요임금 순임금 우임금 탕왕 문왕 무왕 주공 시대로 더 거슬러 올라가보면, 그들의 심리는 불가사의하여 보통 사람의 지식으로는 종잡을 수 없다는 생각이 든다.

모두들 삼대 이후의 사람들의 심리는 옛날과는 다르다며, 마치 삼대까지의 사람 마음과 삼대 이후의 사람 마음이 두 동강난 듯이 말한다. 이것이 어찌 해괴한 일이 아니겠는가만 그러나 사실 이상할 게 없다.

만약 한나라 문제·경제(이들은 황제와 노자의 학설을 따랐다) 시대에 무제가 한 방법으로 다른 제자백가들을 배척하고 오직 노자 한 사람만 남겨 두었다면 다들 노자를 성인으로 추앙했을 것이다. 물론 노자가 숭배하는 황제 역시 성인이 된다. 그리하여 평민 가운데 오직 노자 한 사람만 성인이고, 개국 제왕 중에 오직 황제 한 사람만 성인인 셈이 될 것이다.

노자의 마음은 '오묘하고 심오하여 도무지 짐작할 수 없다'고 말해질 것이고, 황제의 마음 또한 '오묘하고 심오하여 도무지 짐작할 수 없다'고 말해질 것이다. 또 '그 정치는 제대로 하는 것 같지 않은데도, 백성들은 순박하기만 하였다'고 후세에 전해질 것이다. 그러나 황제 이후 사람들의 마음은 예전 같지 않았다고 사람들은 말할 것이다. 요임금은 형의 천하를 빼앗고, 순임금은 장인의 천하를 빼앗았으며, 우임금은 원수의 천하를 빼앗았다. 탕왕·문왕·무왕은 신하의 몸으로 임금을 배반하였고, 주공은 형을 죽였다. 그리하여 내 '후흑학'은 요·순임금 시대까지 거슬러 올라갈 수 있다.

이렇게 되면 삼대까지의 사람 마음과 삼대 이후의 사람 마음이 똑같다고 할 수 있다. 그러나 삼대를 넘어 황제 시대로 다시 거슬러 올라가 보면, 황제 시대의 사람 마음은 삼대 이후의 사람 마음과는 다를 것이다.

만약 노자가 공자와 같은 그런 기회를 만났다면 임금의 은혜를 입은 성인으로 추앙되었을 것이다. 내가 생각하기에 맹자의 아성(공자에 버금가는 성인)이란 칭호도 분명 장자에게 빼앗겼을 것이다.

우리가 읽는 사서도 분명 『노자』『장자』『열자』『관윤자』일 테고, 경서 또한 틀림없이 『영추경』 등으로 바뀔 것이다. 공자·맹자 및 관중·상앙·신불해·한비자의 책들은 모두 이단으로 몰려 선반 위에 묶인 채로 방치해 두게 될 것이다. 그러다 우연하게 호기심 많은 사람이 『예기』를 펼쳐 보고, 「대학」과 「중용」이 「왕제」「월령」 편과 나란히 병렬되어 있으나, 그다지 오묘하고 깊은 이치가 담겨 있다고 여기지는 않을 것이다(「대학」과 「중용」은 각각 『예기』의 한 편이었던 것을 주자가 사서에 포함시켰다).

이후 도학을 논하는 후세 사람들은 틀림없이 『도덕경』을 가까이 하고 노자의 심오한 학문에 깊이 몰두하여 그 주요 단어의 하나인 현(玄) 빈(牝) 등을 각종 명사 뒤에 붙여 이 말 저 말을 만들어 내고, 이런저런 구절을 따다 서로 토론하고 연구할 것이다. 내 생각에 의하면 성인의 본색은 다만 이와 같을 따름이다.

유가의 학설은 인의를 입각점으로 삼아 한 가지 원칙을 정했다. 즉 '인의를 행하는 자는 번영하고. 인의를 행하지 않는 자는 망한다'는 것이다. 그런데 유학자들은 고금을 통틀어 여러 유형의 성패 가운데 이 원칙에 부합될 수 있는 것은 인용하여 증거로 제시하고, 이 원칙에 부합되지 않는 것은 내버려 둔 채 언급하지 않았다. 예를 들어보자.

태사공(사마천)은 『사기』 중 은나라 본기에 이렇게 적고 있다. "서백(주 문왕 희창)은 자기 영토를 돌아와 남모르게 덕을 닦고 선을 행했다." 그리고 주나라 본기에는 "서백에 임명된 창은 남모르게 선을 행했다"고 적고 있다.

이때 연이어 쓴 '남모르게'라는 단어의 역할을 미루어 짐작할 수 있다.

제나라 세가(世家 :사기 중 제후에 관한 전기)에는 더욱 단도직입적으로 적혀 있다. "서백은 여상과 남모르게 음모하여 덕을 닦는 것처럼 가장하고 은나라를 무너뜨렸는데, 그 일마다 권모술수와 계략이 많았다."

이로 보아 문왕(서백)이 도의를 실행한 것은 분명 일종의 권모술수임을 알 수 있다. 따라서 그가 진심으로 백성들을 위했다고는 볼 수 없다. 그런데도 유가는 문왕의 성공을 보고 그를 대단하게 떠받든다.

서(徐) 나라의 언왕이 인의를 실행하자, 동한의 제후들이 모두 그를 따라 거의 36개국에 달하는 나라가 복속하였다. 이에 형(초나라)의 문왕은 자기에게 불리하다고 여기고 시기하여 군사를 일으켜 그를 멸망시켰다.

이것이 바로 인의를 실행하여 실패한 경우이다. 따라서 유학자들은 이 일을 절대 입에 올리지 않는다. 이런 태도는 인과응보를 믿는 무지한 사람과 똑같다.

부귀한 사람을 보면 남모르게 덕을 쌓은 자라고 말하고, 감전돼서 죽은 사람을 보면 불효자라고 말한다. 그 본심은 사람들에게 선행을 하도록 권장하려는 것이라 하더라도 사실 참된 진리는 결코 그런 것이 아니다.

옛날 성인들은 참으로 이상하기 짝이 없다. 고대인들은 성지를 밟으면 당장 마음이 씻겨 깨끗해진다고 믿었다. 성인들에게는 이처럼 사람들을 감화시키는 신비함이 있다고 생각했다.

그런데 관숙과 채숙은 주위에 온통 성인들로 둘러싸였는데도 어떻게 악인으로 죽게 되었는가? (주나라 무왕이 죽은 후 나이 어린 성왕이 그 뒤를 이었고 무왕의 동생인 주공이 정사를 도왔는데, 주공의 형인 관숙과 동생인 채숙이 난리를 일으켰다가 주공에게 피살당했다. 관숙과 채숙의 아버지는 문왕이고 형은 무왕이며 동생은 주공이니 부모 형제가 모두 다 유가의 성인이다.)

이자성은 도적으로, 북경에 진입하자 숭정제(명나라 의종의 연호)의 시체를 찾아 버드나무 관에 입관하여 동화문에 두고, 사람들의 말에 따라 제사를 지내 추모하였다.

그러나 성인이라는 무왕은 은의 주왕을 사지로 내몰아 활을 쏘고 황월(천자가 정벌할 때 쓰는 금으로 장식한 도끼)로 머리를 베어 은나라 깃발 위에 매달았다. 그의 선조들은 주왕의 신하 노릇을 하던 자들이다. 그런데도 그는 이런 일을 벌였고, 그의 품행은 공공연하게 성인으로 불리고 있으니, 정말 이상한 노릇이다!

만약 오삼계가 항복했다면, 이자성이 어찌 '태조 고황제'가 되지 않았겠는가? (이자성이 북경을 공격했을 때 명나라 군은 산해관에서 청나라 군과 대치하고 있었다. 명나라 군의 총수인 오삼계는 내심 이자성에게 투항할 작정이었는데 애첩 진원원을 이자성에게 약탈당하자 격노하여 반대로 청군에 투항했다. 그리고 청군을 유도하여 이자성을 격파하고 나중에 자살하게 했다.)

태왕(고공단보)이 사실상 은나라를 무너지게 하기 시작했고, 왕계와 문왕이 그 뒤를 이었다. 공자는 무왕이 태왕·왕계·문왕의 위업을 계승했다고 칭찬했는데, 사실 사마염이 사마의·사마사·사마소의 업적을 이은 것과 무엇이 다른가?

다른 점은 한쪽은 공자 이전에 태어나 대대로 성인의 명성을 누렸고, 또 한쪽은 공자 이후에 태어나 대대로 역신의 오명을 얻었다는 것이다.

후세 사람들은 성인이 부도덕한 일을 한 사실을 알게 되면 온 갖 수단을 다 동원하여 그에게 모면할 길을 열어 준다. 그러나 증거가 확실하여 피할 길이 없을 때에는, 그 사실들은 나중 사람들이 터무니없이 갖다 붙인 것이라고 둘러댄다.

이러한 전례는 바로 맹자가 남긴 것이다. 그는 다음과 같이 말했다. "지극히 어진 사람이 지극히 어질지 못한 자를 정벌하는 일에는 결코 유혈 사태가 벌어질 리 없다."

맹자의 말은 무왕이 은나라를 공격할 때 군사들이 피를 많이 흘려 그 핏물 위로 방패가 뜰 정도였다는 『서경』의 기록은 거짓이라는 것이다.

우리는 은나라 백성들의 반란을 알리는 포고문 등에서 주왕의 실정에 대한 당시의 원성을 짐작할 수 있기 때문에, 주왕을 치는 과정에서 피가 흘렀다는 기록이 거짓이 아닐 거라고 짐작한다. 오히려 "지극히 어진 사람이 지극히 어질지 못한 자를 정벌한다" 는 말에 거짓이 없는지를 염려한다.

자공은 다음과 같이 말했다. "주왕의 포악함이 그처럼 심하지는 않았다. 군자는 하류에 머무는 것을 싫어하는데, 그것은 천하의 모든 악(惡)이 모여들기 때문이다."

나 또한 다음과 같이 말하겠다. "요임금 순임금 우임금 탕왕 문왕 무왕 주공의 선함이 그처럼 심하지는 않았다. 군자는 상류에 머무르고자 하는데, 천하의 모든 미(美)가 귀속하기 때문이다."

만약 자공의 '하류에 머문다'는 말을 실패로 바꾸고 나의 '상류에 머문다'는 말을 성공으로 바꾼다면, 더욱 확실하게 깨달을 수 있을 것이다.

옛날 사람들은 귀신이나 미신 따위를 믿는 것을 이용하여 백성들을 우롱하였다.

제사지낼 때 한 사람을 시동(尸童 : 죽은 이를 대신해서 제사를 받는 아이)으로 정하여 그를 가리키며 "이분은 바로 제사를 받을 신령이시다"고 말하면, 사람들은 곧 그를 향해 이마를 땅에 조아리고 절을 하였다.

아울러 자신의 학설을 가르치며, "내 학설은 성인이 전해 주신 것이다"라고 사람들에게 말했다. "성인, 누구 말이오?" 이와 같이 물으면, 요임금 순임금 우임금 탕왕 문왕, 무왕 주공 등을 거침없이 가리키며, "이분들이 바로 성인이시다"라고 말한다. 그러면 사람들은 그를 시동처럼 여겨 그를 향해 머리를 조아리고 절을 했다.

후에 개화되고 백성들이 각성되자 제사 때의 시동을 폐지했다. 그러나 성인에 대한 환상은 그대로 남아 수천 년 동안 그로부터 깨어나지 못했다. 결국 요임금 순임금 우임금 탕왕 문왕 무왕 주공 등은 의연하게 성인의 자리를 유지하면서 수천 년 동안 숭배를 받고 있는 것이다.

인과응보를 믿는 사람은 염라대왕이 있다고 말한다. "염라대왕이 도대체 어디에 있느냐?" 하고 물으면, 그는 곧 이렇게 대답한다. "땅 속 지하에 계시다."

성리학을 논하는 사람은 많은 성인들이 있다고 말한다. "성인이 도대체 어디에 있느냐?" 하고 물으면, 그는 곧 이렇게 대답한다. "옛날에 계셨었지."

도대체 이는 마음속으로 상상할 수만 있을 뿐 눈으로 직접 볼 수 없으니 실증해 보일 방법이 없다. 실증해 보일 수 없기 때문에 그 이치는 더욱 심오해 보이고, 이에 따라 믿고 따르는 이도 더욱 많아졌다.

이러한 이론은 본래 사람들에게 선행을 권하기 위해 만들어진 것이라 볼 수 있으므로 그 동기를 비난하기 어렵다. 그렇지만 유감스럽게도 사실이 아니기 때문에, 폐단이 생기기 마련이다.

한나라 무제가 공자를 성인으로 추앙한 이후, 천하의 모든 언론들은 공자에게 굽실대고 감히 그를 거역하지 못했다. 공융(후한의 학자)은 부모 문제에 대해 한 번 거론했다가 조조에게 피살당했다. 그는 '부모와 자식은 마치 병과 그 속의 물건과 같은데, 병 속에 들어있는 동안엔 하나이지만 병속에서 물건을 꺼내면 각각 별개의 것이 되는 것과 같다'고 했다가 화를 당한 것이다. 계강(위나라 때 시인)은 은나라 탕왕과 주나라 무왕을 보잘것없이 낮게 취급했다가 사마소에게 살해되었다.

유교는 조조나 사마소 같은 사람이 지녔던 막강한 힘을 행사할 수 있다. 이후 과거를 실시하여 인재를 채용하였는데, 만약 선비가 유가의 책을 공부하지 않는다면 입신출세의 길이 막히게 된다. 죽은 공자가 왼손에는 관직과 작위를 쥐고 오른손에는 천하를 움켜쥘 수 있으니, 어떻게 만대의 사표가 되지 않겠는가?

송·원·명·청대 학자들은 모두 성인 공자의 발아래 있는 이들로, 성인에게 얽매여 사소한 위배도 용서받지 못했다. 그런데 그들의 논의가 어떻게 억지로라도 끌어 다붙이는 식이 되지 않을 수 있겠는가? 또한 그렇게 말을 빙빙 돌리다 보니 어찌 문맥이 어렵게 꼬이지 않을 수 있겠는가?

이처럼 중국의 성인들은 매우 독단적이기 짝이 없는 존재였다. 그가 하지 않은 말은 후세 사람들도 하지 말아야지, 감히 입 밖으로 발설했다가는 사람들에게 이단으로 몰려 공격당하기 일쑤다.

주자는 학설을 세우고서도 감히 자기가 발명했다고 하지 못하고, 부득이하게 공자 문하생의 '격물치지설'을 해석하면서 자신의 학설이 공자의 직계임을 강조했다. 그런 후에야 겨우 믿고 따르는 자가 생겼다.

왕양명 역시 자신의 학설을 발명하고도, 격물치지를 해석하면서 자기 학설을 억지로 갖다 붙여, 주자가 틀렸고 자신의 학설이야말로 공자의 직계라고 우겼다.

원래 주자와 왕양명 두 사람의 학설은 충분히 독자적으로 한파를 형성할 수 있기 때문에, 공자에게 의존할 필요가 없다. 그러나 어쩔 수 없이 공자의 세력 범위 안에 놓여 있기 때문에, 공자에게 의존하지 않고서는 절대 자신들의 학설을 보급시킬 수 없다. 그리하여 그 두 사람은 온 힘을 다해 의존하려 했지만, 당시 사람들은 여전히 위학(가짜 학문)이라고 여겨 그들을 심하게 공격했다.

성인의 횡포가 이 지경까지 이르렀는데, 어떻게 진리를 연구하여 전달할 수 있겠는가?

한비자는 다음과 같은 우스갯소리를 했다. "영(초나라 수도) 땅의 사람이 연 나라 재상에게 편지를 보내려 했다. 마침 편지를 쓸 때 날이 어두워져 '초를 들라'고 외치자, 편지글을 받아 적는 사람이 그 말을 그대로 받아 적었다. 이윽고 편지를 보내자 연 나라 재상은 그 글을 들여다보면서 한참 동안 생각한 후에, "초를 들라는 것은 밝기를 원하는 것이고, 밝기를 원하는 것은 현명한 인재를 등용하라는 뜻이로군" 하고 생각했다. 이 뜻을 연 나라 왕에게 전달하자, 연 나라 왕은 그 말을 받아들여 결국 나라가 태평하게 되었다. 이렇듯 비록 효과를 거두긴 하였지만, 그 편지의 본래 의도는 아니다."

따라서 한비자는 이렇게 꼬집어 말했다. "선대의 왕이 영 땅 사람과 같은 글을 남겼다면, 후세 사람들은 꼭 연 나라 사람 마냥 억지로 잘도 끌어 다붙여 그럴 듯한 말로 둘러대기 일쑤다."

도대체 '격물치지'란 네 글자를 어떻게 해석하란 말인가? 아마 직접 『대학』을 저술한 작자만이 겨우 알 것이다. 그러므로 주자, 왕양명 두 사람 가운데 적어도 한 사람은 아무래도 '영 땅 사람의 글을 연 나라 사람이 잘못 해석하는 식으로' 엉터리로 끌어다 붙였다는 비난을 벗어나지 못할 것이다.

학술상의 흑막은 정치판의 흑막과 똑같다. 성인과 왕은 마치 한 핏줄인 쌍둥이 형제처럼 도처에서 궁지에 빠질 때마다 서로

의지하는 구석이 있다. 성인들은 왕의 위력에 기대지 않았다면 그렇게 숭배 받을 수 없었다. 왕 자신도 성인들의 학설에 의존하지 않았다면 그렇게 창궐할 수 없었다.

이에 따라 왕은 그의 칭호를 성인에게 나누어주어 왕이란 글자를 붙여 부르기 시작했다. 성인 또한 그의 칭호를 왕에게 나누어주어 '성' 자를 붙여 부르기 시작했다. 왕은 백성들의 행동을 억압하고, 성인은 그들의 사상을 제약한다.

왕이 일단 명령을 내리면 백성들은 모두 그 명령을 받들어 따라야 한다. 만약 어기는 사람이 있으면, 대역무도한 죄인으로 간주되어 법률에 의해 용납되지 않는다. 또한 성인이 내키는 대로 의견을 제시하면 학자들은 모두 믿고 따라야 한다. 만약 반박하는 자가 있다면 성인을 비난하는 도리도 모르는 놈으로 간주되어 그 고상한 논평에 의해 용납되지 않는다.

중국의 백성들은 수천 년 동안 왕의 박해와 억압을 받아 오면서 자신들의 의견을 드러낼 수 없었으니 정치가 문란해진 것도 당연하다. 마찬가지로 중국의 학자들은 수천 년 동안 성인들의 박해와 억압을 받아 오면서 독자적인 사상을 확립할 수 없었으므로, 학술이 침체된 것도 당연하다.

학설이 그릇되면 정치야말로 암담해지기 마련이다. 따라서 마땅히 왕의 명령을 거역해야 하고, 또한 성인의 가르침을 개혁해야 한다.

나는 공자의 인격이 높지 않다고 말하거나, 공자의 학술이 훌륭하지 않다고 말하는 것은 아니다. 단지 공자 이외에도 인격을 갖춘 사람이 있고, 학설을 갖고 있는 사람이 있다는 사실을 말하는 것뿐이다.

공자 자신은 우리를 억압하거나 우리에게 다른 학설을 발명하지 말라고 한 적이 없다. 그러나 유감스럽게도 후세 사람들이 자기 지위를 유지하는 데 유용하다고 보고 한사코 공자를 치켜세우며 모든 것을 억압하고. 감히 공자의 범위 밖으로 학자들의 견해가 벗어나지 않도록 했다. 이에 따라 학자들의 마음속은 이미 공자에게 점령당한 지 오래되었다. 그러므로 마땅히 그것을 밀어내야만 비로소 사상을 독립시킬 수 있고, 우주의 진리를 연구할 수 있다.

얼마 전 어떤 사람들에 의해 다윈이나 마르크스의 학설이 받아들여져 학자들의 마음을 점령해 버리자 다시 천하의 모든 언론은 이들에게 굽히고 들어가 타협했다. 그들은 또 다른 공자가 되어 성인으로서의 임무를 수행한다.

오늘날에 와서 그들을 공격하기 위해서는 매우 용기를 가져야하고, 만약 공격을 가한다면 곧 주위로부터 격렬한 집중 공격을 받게 될 것이다. 시간이 흘러 그들이 떠나고 다시 어떤 자가 나타나 성인의 임무를 수행하게 된다면 그의 학설 역시 반박하는 자를 용납하지 않을 것이다.

학술은 이 세상의 공적인 업무 분야이기 때문에 당연히 사람들의 비평을 귀담아들어야 한다고 나는 생각한다. 만약 내 말이 틀렸다면 남의 학설을 따라도 나에게 아무 지장은 없다. 하물며 나조차 이렇게 너그러운데 구태여 군벌의 권위주의적 태도를 취하여 사람들의 비평을 금지시킬 필요가 있었겠는가?

모든 일은 평등을 기초로 한다. 왕이 결국 백성들에게 공평하지 못했기 때문에 정치상의 분규가 생기는 것이다. 또한 성인이 학자들에게 공평하지 못했기 때문에 학술상의 분쟁이 발생하는 것이다. 나는 공자를 다시 끌어내려 주·진 시대 제자백가들과 나란히 놓도록 주장하는 바이다. 나와 독자 여러분도 모두 참가하여 그들과 일렬로 나란히 자리를 함께 하고, 다윈이나 마르크스 같은 사람이 들어오는 것도 환영하여 대등한 지위와 예의로 대하자.

의견을 발표하면 다 같이 동등하게 토론하여 공자나 다윈이나 마르크스 같은 사람이 우리 위에 군림하지 못하도록 해야 한다. 물론 우리 역시 그들을 기피하지 말아야 한다. 그리하여 저마다 사상을 독립시켜야 비로소 진리를 연구할 수 있다.

나는 이미 성인들에 대해 회의를 품고 있었기 때문에 매번 그들의 저서를 읽을 때마다 매우 의심이 갔다. 그에 따라 독서하는 비법 세 가지, 즉 스스로를 위한 공부 단계를 설정했다. 그것은 아래와 같다.

제1단계, 고서를 적으로 간주하라.

옛날 사람들의 책을 읽으면 그 사람을 나의 강적으로 규정한다. 그가 존재하면 나는 존재하지 못하기 때문에 반드시 그와 한바탕 혈전을 벌여야 한다. 도처에서 그의 빈틈을 찾아보고, 틈이 보이면 당장 쳐들어간다. 동시에 옛사람들의 입장이 되어 공격을 막아내는 대책을 강구한다. 공격할수록 더욱 격렬해지고, 공격을 막아낼수록 더욱 깊게 파고들게 된다. 반드시 이와 같이 해야만 비로소 독서를 통해 이치를 깨닫는 데까지 나아갈 수 있다.

제2단계, 고서를 벗으로 여겨라.

만약 자신이 책을 읽고 어떤 견해가 있으면 즉시 그 주장을 제기한다. 그래서 옛사람들과 서로 친구처럼 의논하여 연구한다. 내 주장이 틀렸다면, 옛사람들의 견해를 따르는 것도 무방하다. 또한 옛사람들의 주장이 틀린 것이라면 자기주장을 견지하여 거기에서 더 나아가 연구한다.

제3단계, 고서를 제자로 여겨라.

책을 저술한 옛날 사람들 가운데 학식이 얕은 자들도 꽤 있다. 그들의 책을 가져다가 검토해 보고 채점해 보아도 무방하다. 마치 학생의 답안처럼 옳게 말한 것에는 동그라미를 그려 주고, 틀리게 말한 것에는 작대기를 그어준다. 세상의 속담이나 속어 가운데에도 묘미를 지닌 것이 적지 않은데, 하물며 옛사람들의 책속에야 명언들이 가득 담겨 있지 않겠는가? 비평을 많이 할수록 지식도 자연히 높아진다. 이것이 바로 흔히 말하는, 교육을 통해 선생과 학생이 나란히 발전하는 과정이다.

만약 나와 지식수준이 비슷한 옛사람을 만난다면 초대하여 주회암, 채원정과 같은 옛 친구로 대접할 것이다. 만약 나보다 지식수준이 높은 사람을 만나면, 나는 그를 강적으로 여기고 그의 빈틈을 찾아 공격 여부를 살필 것이다.

나는 비록 세 단계를 설정했지만 사실상 실행에 옮기지 못했기 때문에 스스로 부끄럽게 생각한다. 나는 현재 1단계 노력을 기울이고 있는 중이고, 조만간 2단계로 나아갈 생각이지만 아직 이에 도달하지는 못했다. 나는 내 분수를 잘 알기 때문에 3단계는 아마 평생 노력해 보았자 도달할 날이 오기 힘들 것이라고 생각한다. 길을 가는데 비록 방향은 알더라도 그 길이 너무 멀고 다리 힘에 한계가 있다면, 부득이 그때그때의 사정을 보아 가며 전진해 나가도록 노력할 수밖에 없다.

후흑경

얇지 않은 것을 두껍다 하고, 희지 않은 것을 검다고 한다. 두 껍다는 것은 온 세상의 두꺼운 낯가죽을 가리키며 검다는 것은 온 세상의 시커먼 속마음을 가리킨다.

이 편은 옛사람들로 부터 마음에서 마음으로 전해지던 것인데, 나 이종오는 오랜 세월이 흐르는 동안 잘못 전달될 것을 두려워 하여 세상사람 들에게 올바로 전해 주고자 책을 펴내게 되었다. 이 책은 후흑으로 시작해서 중간에 그것을 펼쳐 여러 가지를 다 루다가 다시 후흑으로 끝난다. 후흑을 펼쳐보면 천지 사방에 가 득 차고 거두어들이면 얼굴과 마음속으로 감춰진다. 따라서 실 로 그 의미가 무궁무진하고 실속 있는 학문이다. 훌륭한 독자들 이 깊이 음미하면서 터득한다면, 평생 그것을 사용한다 해도 다 쓰지 못할 것이다.

• 기울지 않은 것을 중(中)이라 하고 변하지 않는 것을 용(庸)이라 한다. 중은 천하의 정도(正道)이고 용은 천하의 정리(定理)이다.

이 편은 공자로부터 마음에서 마음으로 전해지던 것인데 자사(子

思)는 오랜 세월이 흘러갔기 때문에 도의 학문과 전통을 잃게 될 까 근심하여 이를 글로 엮어 맹자에게 바쳤다. 이 책은 첫머리에서 일리(一理)를 말하고 중간에서는 풀어서 만사를 이루고 끝에서는 이것을 다시 합쳐서 일리로 하고 있다. 이것을 풀면 천지사방에 미치고 이것을 거두어들이면 빈틈이 없다. 잘 읽는 자가 충분히 의미를 이해하고 깨닫는다면 일생 동안 사용해도 다하는 일이 없을 것이다. ─『사서장구집주』(四書章句集注)「중용장구」(中庸章句)

하늘이 명하신 것을 후흑이라 하고 후흑을 따르는 것을 도(道)라 하며 후흑을 닦는 것을 교(敎)라고 한다. 후흑이라는 것은 잠시도 떠날 수 없는 것이니 떠날 수 있다면 후흑이 아니다. 따라서 군자는 낯가죽이 두껍지 못하다거나 속마음이 시커멓지 못한 것을 삼가 경계해야 한다. 낯가죽이 얇은 것보다 위험한 것은 없으며, 속마음이 새하얀 것보다 위태로운 것은 없다. 그러므로 군자는 반드시 낯가죽이 두껍고 속마음이 시커머야 한다.

모든 희로애락을 드러내지 않는 것을 후라 하고, 그런 걸 드러내되 거리끼지 않는 것을 흑이라 한다. 후라는 것은 천하의 가장 큰 근본이며, 흑이라는 것은 천하의 달도(어느 곳 어떤 경우에도 널리 행하는 도)이다. 낯가죽이 대단히 두껍고 속마음이 대단히 시커먼 자는, 천하도 그를 두려워하고 귀신도 그를 무서워하는 법이다.

• 하늘이 명하신 것을 본성이라 하고 본성에 따르는 것을 도라 하며 도를 닦는 것을 교라 한다. 도란 것은 잠시도 떠날 수 없는 것이

니 떠날 수 있다면 도가 아닌 것이다. 그러므로 군자는 그 보이지 않는 바를 삼가며 그 들리지 않는 바를 두려워한다. 숨겨진 것보다 더 잘 드러남은 없으며 작은 것보다 더 잘 나타남은 없는 법이다. 그런 까닭으로 군자는 혼자 있는 것을 삼간다.

희로애락이 드러나지 않는 상태를 중(中)이라 이르고 나타나되 절도에 맞음을 화(和)라 한다. 중이란 것은 천하의 대본이요 화라는 것은 천하의 달도이다. 이 중과 화를 지극히 하면 하늘과 땅이 자리 잡히고 만물이 길러진다. ─『중용』

앞의 1장에서 종오는 오랫동안 알려지지 않던 옛사람들의 비밀을 서술하였다. 서두에서 후흑의 근본은 선천적인 것이라 바꿀 수 없으며, 사실상 후흑은 이미 자신이 지니고 있는 것이므로 떨어질 수 없다고 말했다. 다음으로 후흑의 수양(修養)에 관한 개요를 말하고, 마지막으로 후흑의 성과를 말하고 있다. 이를 배우려는 사람은 자기 자신을 돌아보고 성찰하여 스스로 터득할 수 있으며, 외부 유혹으로서의 인의를 없애고 그 본연의 후흑을 확충시켜야 한다는 것이 이 편의 요점이다. 이하의 각 장은 내 말을 잡다하게 인용함으로써 이 장(章)의 의의를 끝맺고 있다.

• 앞의 제1장은 자사가 전하고 있는 말을 그대로 인용한 것이다. 처음에 도의 근본은 하늘에서 내려 준 것이므로 바꿀 수가 없고 그 실체가 자기에게 구비되어 있기 때문에 떠날 수가 없다는 것을 명백히 하였다. 다음으로 존양(存養: 본래의 착한 성품을 잃지 않도록 기르는 것)과 성찰의 개요를 기술하고 마지막으로 그 성과를 설명

했다. 결국 학자는 여기서 이것을 스스로의 반성하고 찾아내어 자기노력으로 터득함으로써 외부로부터의 유혹에 말려들기 쉬운 사욕을 멀리 하고 그 본연을 채우려 한다. 양자(楊子)가 말한 한편의 대요(大要)라는 것은 바로 이것을 말한 것이고 이하의 10장은 자로가 부자(夫子: 공자를 공경하여 부르는 말)의 말을 인용하여 이 장의 옳음을 보여 주는 것이다. —『사서장구집주』「중용장구」

후흑의 도는 쉬우면서도 어렵다. 평범한 사람들의 어리석음으로도 알 수 있는 것이지만 그 지극한 경지에 도달하려면 조조나 유비라고할지라도 알지 못하는 바가 있다. 일반 사람들의 어리석음으로도 할 수 있는 것이지만 그 지극한 경지에 도달하려면 조조나 유비라고 할지라도 할 수 없는 것이 있다. 후흑의 대단한 경지에 이르려면 조조와 유비에게조차 불만스러운 점이 있는데, 하물며 세상 사람들이야 말해서무엇하겠는가?

• 군자의 도는 광대하면서도 은미(隱微)한 것이다. 평범한 사람들의 어리석음으로도 알 수 있는 것이지만 그 지극한 경지에 이르러서는 성인이라고 할지라도 알지 못하는바가 있다. 그 지극함에 이르러서는 비록 성인이라 할지라도 하지 못하는 바가 있는데 하물며 세상 사람들이야 어떻겠는가. —『중용』

사람들은 모두 자신의 속마음이 시커멓다고들 말하지만, 숯덩이 속에 밀어 넣으면 그와 똑같을 수 없다. 사람들은 자기 낯가죽이 두껍다고들 말하지만 폭탄을 맞으면 부서지지 않을 수 없다.

• 사람은 누구나 다 자기에게는 지혜가 있다고 생각하지만 그물이나 덫이나 함정 속으로 몰려도 이를 피할 줄 모른다. 사람들은 다 나는 지혜롭다고 말하나 중용을 택해도 한 달을 지키지 못한다. ─ 『중용』

후흑의 도는 그 근본이 자신에게 있다. 이는 여러 사람들을 대상으로 증명할 수 있다. 삼왕(하나라 우왕, 은나라 탕왕, 주나라 무왕)에게 알아보아도 틀린 것이 없고 귀신에게 물어보아도 의심할 여지가 없고 백세 후에 어떠한 성인이 나타나도 조금도 흔들리지 않는다.

• 군자의 도는 그 근본이 자신에게 있다. 이는 여러 사람들을 대상으로 증명할 수 있다. 삼왕에게 알아보아도 틀린 것이 없고 귀신에게 물어 봐도 의심할 여지가 없고 백세 후에 어떠한 성인이 나타나도 조금도 흔들리지 않는다. ─『중용』

군자는 근본을 닦는 일에 힘써야 한다. 근본을 세워야 도가 생기게 된다. 그러므로 후흑이라고 하는 것은 인간이 되는 근본이다.

• 군자는 근본을 닦는 일에 힘써야 한다. 근본을 세워야 도가 생기게 된다. 그러므로 효제(孝悌)라고 하는 것은 인을 이루는 근본이다.」─『논어』(論語)「학이」(學而)

세 사람이 함께 길을 가면, 그 가운데 반드시 나의 스승이 될 만한 사람이 있기 마련이다. 그러므로 낯가죽이 두껍고 속마음이 시커먼 자를 택하여 그를 따르고, 낯가죽이 두껍지 않거나 속마음이 시커멓지 않은 사람이라면 그를 거울삼아 자신을 바로잡아야 한다.

• 세 사람이 함께 길을 가면, 그 가운데 반드시 나의 스승이 될 만한 사람이 있기 마련이다. 그 중에서 선한 것을 골라 따르고 그 중의 선하지 않은 것을 버리고 그 악을 고쳐야 한다. ―『논어』「술이」(述而)

하늘이 후흑의 도를 나에게 내려 주셨는데 , 세상 사람들이 어떻게 나를 해칠 수 있겠는가?

• 하늘이 나에게 덕을 내려 주셨는데, 환퇴(송나라의 국방을 맡은 관리로공자를 괴롭힌 사람)가 어떻게 나를 해칠 수 있겠는가? ―『논어』「술이」

유방을 만나고 싶지만 만날 수가 없다. 하다못해 조조라도 만날 수 있다면 만족하겠다. 그러나 조조도 만나 볼 수 없으니, 하다못해 유비나 손권이 라도 만날 수 있으면 좋겠다.

• 성인을 만나고 싶지만 이 세상에서는 만날 수가 없다. 군자라도 만날 수 있다면 만족하겠다. 하다못해 선인(善人)이라도 만나보고 싶으나 도저히 만나 볼 수가 없다. 그러므로 마음이 한결같은 사람만이라도 찾아 볼 수 있다면 만족하겠다. ―『논어』「술이」

열 가구가 사는 마을이면 틀림없이 나처럼 낯가죽이 두껍고 속마음이 시커먼 자가 있겠지만, 나만큼 분명하게 설명하지는 못할 것이다.

• 열 가구가 사는 마을이면 틀림없이 성실과 신의에 있어 나와 같은 자가 있겠지만, 나만큼 배우기를 좋아하는 사람은 없을 것이다. ─『논어』「공야장」(公冶長)

나는 식사를 하는 동안에도 후흑의 도에 등지는 일이 없고 아무리 분망해도 후흑의 도에 등지지 않으며 위급존망할 때에도 후흑의 도를 등지는 그런 일은 없다.

• 군자는 식사를 하는 동안에도 인을 멀리하는 일이 없고 아무리 분망해도 인을 멀리하지 않으며 위급존망할 때에도 인을 등지는 그런 일은 없다. ─『논어』「이인」(里仁)

만약 항우가 뛰어난 기질을 타고나서 낯가죽이 두꺼울 뿐 아니라 속마음이 시커멓게 되었다면, 유방은 안중에도 두지 않았을 것이다.

• 설사 주공(周公)과 같은 재능의 미(美)를 지니고 있다할지라도 그가 교만하고 인색하다면 모처럼의 재능의 미도 아무런 가치가 없을 것이다. ─『논어』「태백」(泰伯)

오곡 중에 가장 뛰어난 벼도 익지 않으면 개피나 피만도 못하다. 후흑 또한 그것을 숙련시키지 못하면 평범함만도 못하다.

• 오곡 중에 가장 뛰어난 벼도 익지 않으면 개피나 피만도 못하다. 인(仁)도 역시 여물지 못하면 아무 쓸모가 없는 것이다. ―『맹자』(孟子)「고자상」(告子上)

도학선생은 후흑의 적이다. 그들은 충성이나 신의와 유사한 것을 내세우고 청렴결백과 비슷한 것을 즐겨 행하면서 스스로 옳다고 여기지만, 이래서는 조조와 유비의 도를 따를 수 없으므로 후흑의 적이다.

• 향원 사람들은 덕을 파괴하는 도둑이다. 그들은 충신도 아닌데 충신처럼 겉치레를 하고 청렴결백하지도 않은데 그처럼 겉치레를 한다. 백성들은 이를 보고 기뻐하지만, 이래서는 함께 요와 순의 도에 발을 들여놓을 수 없다. 그러므로 덕을 파괴시키는 도둑이라고 하는 것이다. ―『맹자』「진심하」(盡心下)

다른 사람들이 낯가죽이 두껍지 못하고 속마음이 시커멓지 못하다는 사실에 미혹되지 마라! 이 세상의 모든 만물은 쉽게 생장하지만 하루만 햇볕을 쬐어 주고 열흘 동안 차갑게 놓아둔다면 자라지 못한다. 나는 사람들이 후흑에 대해 말들 하는 것을 흔히 보았다. 그러나 내가 물러나자 도학선생이 이르렀다. 내가 어떻게 도학선생과 같겠는가? 이제 후흑은 도가 되었다. 큰 도는 전심전력으로 몰두하지 않으면 얻을 수 없다. 나는 후흑학을 공부할 학생을 발견하고 두 사람에게 후흑에 대해 가르쳤다. 한 사람은 정신을 집중하고 오직 내 말만을 들었지만, 또 한사람은 비록 들고 있더라도 한편으로는 장차 도학이 당도하리라고여기고, 몰래 성현들의 이름을 떠올리고 그것을 염두에 두었다. 비록 함께 배울지라도 다를 수밖에 없다! 그 자질이 다르기 때문인가? 그렇지 않다.

• 왕이 지혜롭지 못하다는 사실에 미혹되지 마라! 이 세상의 모든 만물은 쉽게 생장하지만 하루만 햇볕을 쬐어 주고 열흘 동안 차갑게 놓아둔다면 자라지 못한다. 나는 왕을 만나는 기회가 드물고 내가 물러나면 왕을 차게 하는 자가 왕을 만나니 아무리 내가 싹트게 하려 한들 무슨 소용이랴. 예를 들면 바둑 수는 대단한 것은 아니지만 그렇다고 전심전력으로 몰두하지 않으면 깨닫지 못한다. 혁추(奕秋)는 전국에서 제일 바둑을 잘 두는 사람이다. 이 혁추를 시켜서 두 사람에게 바둑을 가르치는데 한 사람은 정신을 집중하고 오직 혁추의 말만을 들었지만, 또 한 사람은 비록 듣고 있더라도 한편으로는 기러기가 장차 날아오면 활을 당겨 기러기 쏠 것을 생각하고 있다면 비록 함께 배울지라도 다를 수밖에 없다! 그 자질이 다르기 때문인가? 그렇지 않다. ─『맹자』「고자상」

실패하는 일이 생기면, 군자는 스스로 자신의 낯가죽이 두껍지 못한 탓이라고 반성한다. 그러나 자신의 낯가죽이 두껍다고 여기는데도 이처럼 실패하는 일이 생긴다면, 군자는 스스로 자신의 속마음이 시커멓지 못한 탓이라고 반성한다. 그러나 자신의 속마음이 시커멓다고 여기는데도 이처럼 실패한 경우에 군자는 다음과 같이 말할 것이다. "나에게 대항하는 사람들은 황당무계

한 자들뿐이다. 그렇다면 어찌 금수와 다를 바 있겠는가?두꺼운 낯가죽과 시커먼 속마음을 이용해 금수를 죽이는 것이 뭐 그리 어렵겠는가?"

• 누군가 횡포스럽게 대한다면, 군자는 스스로 자신이 인(仁)하지 못하고 예(禮)가 부족한 탓이라고 반성한다. 그러나 자신이 아무리 반성해 보아도 인(仁)하며 예(禮)가있다고 여기는데도 이처럼 실패하는 일이 생긴다면, 군자는 스스로자신이 성실하지 못한 탓이라고 반성한다. 그러나 자신이 성실하다고 여기는데도 이처럼 실패한 경우에 군자는 다음과 같이 말할 것이다. "이 사람은 미치광이에 틀림없다. 그렇다면 어찌 금수와 다를 바 있겠는가? 아무 비난할 필요도 없다." —『맹자』「이루하」(離婁下) 중에서

후흑의 도는 높고 훌륭하여 흡사 하늘에 오르는 것과 같지만, 다다를 수없는 것은 아니다. 그렇지만 멀리가려면 반드시 가까운 데서부터, 높이 오르려면 반드시 낮은 데서부터 시작해야 하는 것과 같다. 자기 자신이 후흑하지 못하면 처자식에게 행할 수 없고, 남들도 역시 후흑하지 못하여 그들의 처자식에게 행할 수 없게 만든다.

• 도는 높고 아름다워 마치 하늘에 오르는 것과 같아서 쉽게 이룰 수가 없을 것 같다. —『맹자』「진심상」

• 군자의 도를 비유하면 멀리 갈 때도 반드시 가까이서부터 그 첫걸음을 내디뎌야 하고 높이 오름도 반드시 낮은 곳에서부터 첫걸음을 내디뎌야 하는 것과 같은 것이다. —『중용』

• 자기 자신이 도리를 행하지 않으면 처자들도 도리를 행하지 않고 사람을 부리되 도리에 맞지 않으면 처자들도 명에 움직이지 않는다. —『맹자』「진심하」

내가『후흑경』을 쓴 의도는 초보자들이 쉽게 외워 잊어버리는 일이 없도록 하기 위해서이다. 그러나 어떤 이치는 매우 심오하기 때문에 그 구절 밑에 설명을 추가한다. 나는 처음에 두껍다고 하는 것은 갈고 갈아도 엷어지지 않는 것, 검다고 하는 것은 씻고 씻어도 하얗게 되지 않는 것이라고 설명했는데 나는 후에 이 말을 다음과 같이 고쳤다. "두껍다는 것은 갈고 갈수록 두꺼워지는 것이고, 시커멓다는 것은 씻으면 씻을수록 까맣게 되는 것이다." 그러자 어떤 이가 내게 물었다. "세상에 그런 것도 있습니까?" 나는 이렇게 대답했다. "손과 발바닥의 굳은살은 쓰면 쓸수록 두꺼워지고, 진흙과 먼지로 덮여있는 숯덩이는 씻으면 씻을수록 시커멓게 되는 법이지."

• 굳다고 하는 것은 갈아도 엷어지지 않는 것이고 희다고 하는 것은 물들여도 검어지지 않는 것이다. —『논어』「양화」(陽貨)

사람의 속마음은 태어날 때부터 시커멓다. 그런데 인과응보를 말하고 성리학을 말하는 사람의 영향을 받아 표면에 인의도덕이라는 허울을 뒤집어쓰게 되면 그 검음을 알 수 없게 된다. 하지만 그 거죽을 벗기면 시커먼 본색이 드러나게 된다. 후흑이라는 것은 외부로부터 말미암은 것이 아니라 내가본래 지니고 있는 것이다. 사람들은 선천적으로 '낯가죽이 두껍고속 마음이 시커먼' 자질을 지니고 있다.

● 인의예지는 외부로부터 들어오는 것이 아니라 본래부터 지니고 있는 고유의 것이다. 하늘이 모든 사람을 내시고 사물마다 각기 도리를 주셨다. 백성들은 변치 않는 마음을 지녔기 때문에 아름다운 덕을 좋아하는 것이다. ―『맹자』「고자상」

이는 간단히 시험해 볼 수 있다. 한 어머니가 그녀가 낳은 아기를 안고 밥을 먹을 때, 어린아이는 어머니 손안에 든 밥그릇을 보고 손을 뻗어 잡아당기게 된다. 만약 그때 이를 막지 못 한다면, 밥그릇이 나뒹굴어 깨질 것이다. 또 어머니가 손에 떡을 들고 있다가 입 속에 넣으면, 어린아이는 곧 손을 뻗어 어머니 입 속에 든 떡을 꺼내서 자기 입으로 가져갈 것이다. 어린아이는 어머니 품에 안겨 젖을 빨거나 떡을 먹을 때, 형이 다가오면 그를 밀쳐내거나 때리려고 한다. 이런 일들은 모두 '배우지 않아도 할 수 있고, 생각하지 않아도 알 수 있는 것'인데, 이를 즉 '양지양능'이라 한다. 이 '양지양능'을 확장할 수 있다면, 세상을 깜짝 놀라게 할 만한 큰일을 할 수 있다. 당 나라 태종은 그의 형 건성을 죽이고 동생 원길을 죽였다. 또건성과 원길의 아들을 모두 죽이고 원길의 처를 후궁으로 삼았다. 또한 아버지를 다그쳐 천하를 자기에게 넘겨주게 했다. 그의 이러한 행동거지는 모두 어렸을 때 어머니 입 속에 든 떡을 빼앗고 형을 밀치고 때리는 등의 '양지양능'을 확장시킨 것에 다름 아니다. 일반 사람들은 이러한 '양지양능'을 지니고 있어도 확충시킬 줄을 모르는데, 당 태종은 그것을 확충시킬 수 있었기 때문에 역사상의 영웅이 되었다.

• 사람이 배우지도 않고 할 수 있는 것은 타고난 능력 때문이다. 생각하지 않고도 할 수 있는 것은 타고난 지혜 때문이다. 두세 살의 어린아이도 자기부모를 사랑하지 않는 아이가 없다. 그리고 부모형제를 공경할 줄 모르는 이가 없다. 부모를 부모로 섬기는 것이 곧 인이다. 어른을 공경하는 것은 의이다. —『맹자』「진심상」

입으로 맛을 느끼는 데에도 누구나 좋아하는 맛이 있고, 귀로 소리를 듣는 데에도 누구나 듣기 좋아하는 소리가 있으며, 눈으로 색깔을 보는 데에도 누구나 좋아하는 아름다움이 있다. 그런데 유독 얼굴과 마음에만 공통된 것이 없겠는가? 얼굴과 마음에 누구나 똑같이 갖고 있는 것은 무엇인가? 그것은 곧 두꺼운 낯가죽과 시커먼 속마음이다. 이 공통된 것을 충실히 확장시킨 것이 바로 영웅이다.

• 입은 맛에 대하여 누구나 좋아하는 맛이 있고 귀는 소리에 대하여 누구나 듣기 좋아하는 소리가 있고 눈은 색에 대하여 다 같이 좋아하는 아름다움을 갖고 있는데 마음만은 어찌하여 공통된 것을 갖고 있지 못한 것일까? 마음에 있어 공통된 것은 진리이자 정의인 것이다. 성인은 우리의 마음속에 있는 공통된 것을 우리보다 먼저 깨달은 셈이다. —『맹자』「고자상」

후흑의 이치는 아주 분명하게 우리 눈앞에 있으므로 어느 누구를 막론하고 모두 볼 수 있다. 그러나 방금 전에 보고 나서도 곧 감동적인 음덕문(하늘이 은연중에 복을 내린 것을 기린 글)이나 도학선생의 학설에 굴복 당한다. 따라서 나는 다음과 같이 말하지 않을 수 없다. 본래 우산(牛山)의 나무도 당연히 재목감으로 손색이 없었다. 그런데 도끼로 그것을 베어 버렸다. 그 뒤로 물론 초목의 싹이 자라나지 않는 것은 아니지만, 또 잇따라 소와 양을 몰아다가 그것을 먹인 까닭에 그처럼 벌거숭이가 된 것이다. 마찬가지로 사람에게 본래 두꺼운 낯가죽과 시커먼 속마음이 있거늘, 어찌 없다고 하는가! 그러나 그 두꺼운 낯가죽과 시커먼 속마음이 손상된 까닭은 도끼로 나무를 베어 버리는 것과 마찬가지로, 날마다 그것을 베어 내기 때문에 결국 존재할 수 없었던 것이다. 두꺼운 낯가죽과 시커먼 속마음이 존재하지 않는다면 영웅이 탄생하는 것을 바라긴 어렵다. 이렇게 될 경우 사람들은 이 세상에 두꺼운 낯가죽과 시커먼 속마음이 있을 수 없다고 여기는데, 이것이 인정의 자연스러움이다. 따라서 만약 후흑적인 마음의 양식을 섭취한다면 후흑은 나날이 함양될 것이고, 그 자양분을 잃는다면 후흑은 나날이 소멸되어 갈 것이다.

• 본래 우산(牛山)의 나무도 당연히 재목감으로 손색이 없었다. 그런데 도끼로 그것을 베어 버렸다. 그 뒤로 물론 초목의 싹이 자라나지 않는 것은 아니지만, 또 잇따라 소와 양을 몰아다가 그것을 먹인 까닭에 그처럼 벌거숭이가 된 것이다. 마찬가지로 사람에게도 어찌 인의가 없겠는가. 그러함에도 불구하고 양심을 잃고 사는 사람이 있는 것은 역시 나무를 도끼로 자른 그런 사람이 있기 때문일

것이다. 매일 아침 나무를 자른다고 하면 어찌 아름답게 기를 수가 있겠는가. 밤낮을 가리지 않고 자라야 할 나무를 좋고 나쁨을 가리지 않고 자르니 현인에 가까운 사람이 탄생하기조차 힘들다. 그러한 짓을 하는 것은 수갑을 채워 놓고 억제시키는 것과 다를 바가 없으므로 이것을 되풀이한다면 결국 나무를 성장시킬 수가 없다. 성장시킬 수가 없다면 금수와 다를 바가 무엇이겠는가. 그런 금수와 같은 행위만을 보고 사람들은 그 사람에게 본래 조금도 선행을 할 수 있는 재주가 없었다고 단정한다면 그것은 대단히 잘못된 것이다. 만일 양육시킬 뜻이 있다면 어떠한 것도 성장시키지 못할 것이 없을 것이고 반대로 양육시킬 뜻이 없다면 어떠한 것도 다 소멸되지 않는 것이 없을 것이다. ─『맹자』「고자상」

어린아이들이라도 모두 어머니 입 속에 떡이 있는 것을 보면 그것을 빼앗을 줄 안다. 어머니의 입 속에 든 떡을 빼앗을 수 있는 인간의 마음은 두루 다 활용될 수 있다. 만약 그것을 확충시킬 수 있다면 충분히 영웅호걸이 되고도 남는다. 그런 사람을 보고 "큰 인물은 순진하고 거짓 없는 마음을 잃지 않는 자다"라고 말한다. 반면에 만약 자기 몸 하나 보존할 수 없다면 이를 두고 '자포자기'라고 말한다. 자질이 아주 뛰어난 이들은 스스로 이런 이치를 터득하고 실행에 옮기려고 힘껏 노력하면서도, 다른 사람들에게는 그 비밀을 알리지 않았다. 또 우둔한 자질의 소유자들은 이미 이 길에 들어섰는데도 불구하고, 그 자신은 미처 깨닫지 못했다. 이 때문에 나는 그것을 실행하면서도 두드러지지 않고,

몸에 이미 배어있으면서도 자세히 살필 줄 모르기 때문에 평생 토록 그것을 실행해도 '후흑'을 알지 못하는 자가 많다고 말하는 것이다.

• 무릇 자기에게 사단(四端: 인·의·예·지의 실마리가 되는 연민·추악·사양·시비의 마음을 뜻함)을 갖고 있는 자가 이 사단을 모두 널리 보급하여 충분히 발전시키고 또한 충족시키려 한다면 마치 불이 처음에 피어오르듯이 그리고 온천물이 처음에 솟구쳐 오르듯이 힘 있게 확대될 것이다. 이렇게 잘 충족시킬 수 있다면 그것으로 사해를 편안하게 하는 데 족하지만 이것을 잘 충족시키지 못하면 부모를 섬기는 일조차 하지 못한다. ─『맹자』「공손추상」

• 어른은 어린아이 때의 마음을 잊지 못한다. ─『맹자』「이루하」

• 스스로 자신을 해치는 사람과는 함께 말할 것이 못되고 스스로 자신을 버리는 사람과는 함께 행동할 것이 못된다. 말로 예의를 헐뜯는 것을 스스로를 해친다고 말하며 자신이 인에 살거나 의에 따르지 못한다고 하는 것을 스스로를 버린다고 말한다. ─『맹자』「이루상」

행하면서도 책으로 쓰지 않는다. 배우면서도 자세히 살피지 않는다. 죽을 때까지 이 도를 닦으면서도 후흑이 무엇인지를 모르는 사람도 많다.

• 행하면서도 뚜렷이 알지 못하며 익히고도 자세히 살피지 않는지라 죽을 때까지 따라가면서도 그 도리를 알지 못하는 사람이 많

다. —『맹자』「진심상」

이 세상의 학설들은 늘 사람들에게 해를 끼치지만. 오직 '후흑학'만은 절대 사람들에게 해를 입히지 않는다. 설사 막다른 궁지에 몰려 비렁뱅이가 되었을 때라도, 비럭질하는 수완이 남들보다 훨씬 나을 것이다. 따라서 나 이종오는 다음과 같이 말한다.
황제에서 거지에 이르기까지 모두 두꺼운 낯가죽과 시커먼 속마음을 근본으로 삼아야 한다.
• 천자로부터 평범한 이에 이르기까지 한결같이 수신하는 것으로써 근본을 삼아야 한다. —『대학』

후흑학은 폭 넓고 깊이가 있기 때문에 이 도에 뜻을 둔 자는 반드시 전심전력을 다해 일 년 동안 배워야 겨우 이를 응용할 수 있고, 삼 년간 배워야만 비로소 대성할 수 있다. 따라서 나는 "만약 후흑학을 배우려는 자가 있다면 일 년이 되어야 간신히 가능하고, 삼 년 만에 완성할 수 있다"고 말한다.
• 만일 나를 등용해주는 명군이 있다면 단 1년이 지나면 웬만큼 바로 잡힐 것이요, 3년이면 훌륭하게 완성될 것이다. —『논어』「자로」

2부

인간 본성의 법칙

유비가 장유를 죽이자, 제갈량이 유비에게 그의 죄가 무엇인지 물었다. 이에 유비는 대답하였다. "향기로운 난초라도 문 앞에 있으면 제거하지 않을 수 없지!"

도대체 그 난초에게 무슨 죄가 있겠는가? 그 죄는 있지 말아야 할 곳에 있는 것이다.

심리와 역학

우리는 1920년이 나 이종오의 사상 발전사에 있어서 신기원임을 절대 잊어서는 안 된다. 나의 '후흑학'은 사실상 순자의 성악설에서 연원한다. 학문상의 원리에 있어 근거가 없다고 말할 수는 없지만. 이 당시 나 자신도 근거가 좀 부족하다고 느끼고 있었다.

어느 날 나는 동창 증성첨과 찻집에서 얘기를 나누고 있었는데, 성첨이 나에게 말했다.

"친구들 가운데 자네 사상이 가장 첨예하다고 생각해. 그런데 하필이면 자네는 늘 농담 식으로 써먹고 있는 건가? 마땅히 학문상의 원리를 충분히 연구해야 하네. 만약 성공하게 되면 또한 우리 친구 모두의 영광일 걸세."

나는 이 말에 깊이 감동하여 다시 '후흑학'에서 한 걸음 더 나아가 연구하기 시작했다. '후흑학'이 심리학과 관련이 있다는 생각에서 심리학 서적을 찾아 읽어 나간 지 꽤 오래되었는데 별다른 소득이 없었다. 그 책들은 막연하게만 여겨져 난 도대체 누구의 말을 믿어야 좋을지 모를 상태에 빠졌다. 그래서 차라리 고금을 통틀어 그러한 모든 견해들을 제쳐 두고, 달리 생리학 법칙을 이용하여 심리학을 연구해 나갔다.

어느 날 길을 걷다가 문득 인간의 본성은 '나'를 중심으로 한다는 생각이 들었다. 마치 눈앞에 있는 많은 원들이 '나'를 둘러싸고 겹겹으로 확대되는 것과 같다. 즉 자기장처럼 말이다.

사람의 심리는 모두 역학의 법칙에 따라 변화한다. 이를 고금의 발자취, 오늘날의 정치, 자질구레한 일상사, 자신의 속마음, 물리, 화학, 수학, 서양 학설 등 주변 모든 것으로부터 검증해 보고는 곳곳에서 통할 수 있다는 확신이 들었다. 이때 마치 선종(禪宗)의 깨달음을 얻는 것 같은 광경이 벌어졌다.

그 당시 아인슈타인의 '상대성 이론'이 이미 중국에까지 전해졌는데, 나는 아인슈타인의 학설과 뉴턴의 학설을 심리학에 응용하여 '심리는 역학의 법칙에 따라 변한다'고 하는 억측(臆測)을 내놓았다.

곧 그해 안으로 전문적인 논문을 쓰고 제목을 「심리와 역학」이라고 달았다. 이는 모든 세상사의 변화를 역학과 수학을 이용하여 해석한 것이다. 이후 십여 년에 걸친 연구를 통해 보충하고 정리하여 비로소 전문 서적으로 출판하게 되었다. 이 책이 바로 내 사상의 핵심이라고 할 수 있다.

당시 나는 이미 이러한 억측을 내놓은 바에야 그것을 하나의 원칙으로 수립하고 싶었다. 그래서 나는 우선 맹자, 순자의 '인성론'부터 연구하기 시작했다. 맹자는 이렇게 말했다.

"어린아이 가운데 자신의 부모를 사랑할 줄 모르는 자가 없고, 자라서는 자기 형을 공경할 줄 모르는 이가 없다."

내가 이 말을 인용한 것은 바로 여기에 허점이 있기 때문이다. 그럼 임의로 한 아기 엄마에게 부탁하여 자신의 친자식을 안고 나와 대중 앞에서 실험을 해 보도록 하자.

만약 그 아기 엄마가 아이를 안고 밥을 먹으면, 아이는 손을 뻗어 밥그릇을 자기 앞으로 끌어당길 것이다. 만약 그것을 막지 못할 경우 밥그릇을 깨뜨릴 텐데, 이런 현상이 무슨 부모를 사랑하는 것인가?

또한 엄마 손안에 떡이 있는 것을 보면 어린아이는 곧 손을 뻗어 떡을 빼앗으려고 덤빌 것이다. 그런데 엄마가 그에게 주지 않고 자기 입 속에 넣는다면, 그는 당장 손을 뻗어 엄마 입 속에서 꺼내 다시 자기 입 속으로 넣을 것이다. 그래, 이런 현상이 부모를 사랑하는 것이라고 할 수 있는가?

어린아이가 엄마 품속에서 무언가 먹고 있을 때 형이 다가오면, 그 아이는 형을 밀어내려고 할 것이다. 이런 행동이 무슨 형을 공경하는 것인가? 전 세계 각국의 어린아이들 가운데 이와 같지 않은 아이는 한 명도 없을 것이다.

이미 사실이 이러한데, 맹자의 성선설이 어떻게 허점을 갖고 있는 것이 아니겠는가? 그렇다면 "어린아이는 부모를 사랑하고 자라서는 형을 공경한다"는 맹자의 말은 도대체 어떤 근거에서 나온 것인가? 이 문제를 해명하려면 부득이하게 생리학의 방법으로 연구하지 않을 수 없다.

인간의 본성은 대체로 자기중심적이다. 엄마와 상대할 때 어린 아이는 자기 자신만 알기 때문에 엄마 입 속에서 떡을 꺼내 자기 입 속에 넣는다. 엄마는 나에게 젖을 먹여 주는 사람이고, 형은 나에게 먹을 것을 나눠주는 사람이다.

엄마와 형을 비교하면 엄마가 나에게 더 가깝고 소중하다고 생각하기 때문에 어린아이는 엄마를 더 사랑한다. 조금 자랐을 때 이웃 사람들과 만나면, 곧 그들과 형을 비교하고 형이 자신과 더 가깝다고 느끼기 때문에 당연히 형을 더 사랑한다.

이로부터 추론해 볼 때 타향에 가면 고향의 이웃 사람을 사랑하고, 다른 성으로 가면 자기 성 사람들을 사랑하며, 외국에 가면 자기 나라 사람들을 사랑하게 된다. 그 사이에는 일정한 법칙이 있다. 그 법칙은 나와 간격이 가까울수록 애정이 더 돈독해진다는 것이다. 즉 애정과 거리는 반비례한다.

부모를 사랑하고 형을 공경한다는 맹자의 말은 그 내면에 '나'를 숨기고 단지 설명하지 않았을 뿐이라는 사실을 알 수 있다. 만약 '나'를 보충하여 도표를 그려보면 분명해진다.

예컨대 〈도표 1〉을 보면 제 1원은 나, 제 2원은 부모, 제 3원은 형, 제 4원은 이웃 사람, 제 5원은 자기 성 사람, 제6원은 자기 나라 사람, 제 7원은 외국인이다. 이 도표가 바로 사람의 심리 현상이다. 이 현상은 마치 물리학에서 말하는 자기장이나 지구 인력의 법칙과 비슷하다. 이로 보아 사람의 심리는 자기장이나 지구 인력과 같기 때문에 뉴턴이 발명한 법칙이 얼마든지 심리학에 전용될 수 있음을 알 수 있다.

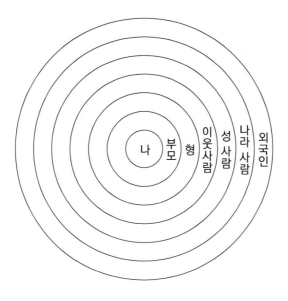

<도표 1> 맹자의 설선설

그러나 위의 도표는 더욱 깊이 검토해 봐야 한다. 가령 3월에 우리가 두세 명의 친구를 불러 함께 야외로 나가 느긋하게 거닐면서 산수가 화려한 경치를 둘러보면, 마음이 무척 유쾌해질 것이다. 그러다 경치가 좋지 않은 곳에 이르면 아무래도 좀 기분이 상하게 되는데 이는 무슨 까닭인가?

왜냐하면 산수는 물체이고 나 또한 물체로서 본래 물아일체이기 때문이다. 따라서 물체의 종류가 좋으면 나의 마음도 유쾌하고, 물체의 종류가 좋지 않으면 나의 마음도 즐겁지 않은 법이다.

또 다른 곳에 이르러 바닥에 수많은 자갈들이 깔려 있고 그 위로 꽃잎이 우수수 떨어지는 것을 보면, 그 떨어진 꽃잎에 대해 슬픈 감회를 참을 수 없게 된다. 그러나 자갈에 대해서는 그다지 주의를 기울이지 않게 되는데 이는 무슨 까닭인가?

왜냐하면 돌은 생명이 없는 물체이고, 꽃은 우리처럼 생명이 있는 물체이기 때문이다. 따라서 종종 낙화시(落花詩)나 낙화부(落花賦)를 짓는 사람은 있어도, 쇄석가(碎石歌)나 쇄석행(碎石行)을 짓는 이는 없다. 고금의 시를 통틀어서 낙화를 읊어 뛰어난 시문으로 손꼽히는 것들 가운데 인생과 더불어 묘사하지 않은 것이 하나도 없다.

만약 떨어진 꽃잎 위에 막 죽어 가고 있는 개가 누워 이리저리 뒤척이며 구슬프게 울부짖고 있다면, 그 울음소리를 듣고 깜짝 놀라 떨어진 꽃잎을 애달파하던 마음이 금세 사라질 것이다. 이는 무엇 때문인가?

왜냐하면 꽃은 식물이고, 개는 우리와 같은 동물이기 때문이다. 따라서 자기도 모르게 개에게 특별한 동정을 나타내게 된다.

또 도중에 보기 흉하게 생긴 사나운 개가 어떤 사람을 가로막고 미친 듯이 물어뜯고 그 사람은 지팡이로 마구 때리고 있는 장면을 목격한다면, 우리는 이처럼 개하고 사람이 뒤엉켜 싸우고 있는 틈바구니에서 그 사람을 돕느라고 바쁠 뿐, 결코 개를 도우려고 바쁘지는 않을 것이다. 이는 무엇 때문인가?

왜냐하면 개는 짐승이고 나와 그 사람은 똑같은 인간이기 때문이다. 이 때문에 자기도 모르게 그 사람에게 더 동정을 표시하게 되는 것이다.

내가 친구와 헤어져 막 내 집 대문을 들어서려던 참에, 어떤 사람이 헐레벌떡 뛰어와서 다급하게 알려 줬다.

"조금 전 당신의 친구가 길을 가다가 어떤 사람과 맞붙어 싸우고 있는데, 도대체 뜯어말릴 수가 없어요."

나는 그 말을 듣자마자 당장 친구를 구하러 달려갔다. 계속 두 사람이 싸우고 있었고, 나는 의리상 친구를 구할 수밖에 없었다. 이윽고 나는 친구를 내 서재로 데려와 그에게 다툰 이유를 묻고, 그 전후 사정을 귀담아듣고 있었다. 그때 갑자기 집이 무너져 내리자, 나는 우선 급히 문 밖으로 뛰쳐나왔다. 그런 뒤에야 나는 고개를 돌려 친구를 부르며 소리쳤다.

"자네, 아직도 뛰어나오지 않았나?"

집이 무너져 내리는 것을 보고 왜 먼저 친구를 불러 뛰어나가라고 하지 않고, 기어코 자기만 혼자 문 밖으로 몸을 피한 후에야 겨우 고개를 돌려 친구를 불렀단 말인가? 이것이 바로 인간의 본성이다. 다시 말해서 이는 자기중심적이라는 명제의 뚜렷한 증거이다.

우리는 위의 사실을 다시 〈도표 2〉와 같이 그릴 수 있다. 제 1원은 나, 제 2원은 친구, 제 3원은 타인, 제 4원은 개, 제 5원은 꽃, 제 6원은 돌이다. 그 법칙은? 즉 '나에게서 거리가 멀어질수록 애정은 더욱 감소되며 애정과 거리는 반비례한다'는 것이다.

이 도표는 앞의 도표와 같다. 이 도표에서 설정하고 있는 경계가 앞의 도표와 완전히 똑같지는 않지만 그래도 얻어 낸 결과는 마찬가지이다. 분명히 이와 같이 자연의 이치를 증명하고 있다는 것이다.

다시 종합해서 말하자면 다음과 같다.

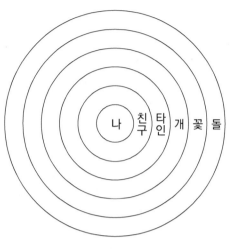

〈도표 2〉순자의 성악설

우리 앞에 두 사물을 동시에 제시하면 우리는 망설일 것도 없이 당연히 '나'를 중심으로 하여 나와의 거리를 보고 애정의 정도를 결정하게 된다. 이는 바로 지구 인력과 별다른 차이가 없다.

맹자가 성선설을 주장하는 데에는 한 가지 근거가 있다. 그는 "지금 어떤 사람이 막 우물로 들어가려는 어린아이를 문득 발견한다면, 두려워하고 측은해하는 마음이 들 것이다"라는 문장으로 시작한다. 그는 이 문장에서 분명히 '두려워하고 측은해하는' 마음이라 했다. 그런데 그 다음에 나오는 문장에서는 '측은해하는'만 말하고 '두려워하는'은 말하지 않았다. 여기에 바로 그 결함이 있다.

두렵다는 것은 '나'로부터 연원한다. 어린아이가 막 우물로 들어가려는 것을 문득 발견했을 때 마음속에 모두 세 가지 사물이 공존하게 된다. 즉 '나', '어린아이', '우물'이 바로 그것이다. 나와 어린아이는 똑같은 인간이고 우물은 무생물이다. 어린아이가 막 우물로 들어가려는 것을 보고 갑자기 '죽는' 장면을 눈앞에 떠올리기 때문에 두려움을 느끼는 것이다. 또한 어린아이에게 동정을 표시하지, 우물을 향해 동정을 표시할 수는 없는 노릇이다.

하지만 우선 내가 있고서야 비로소 어린아이가 있는 것이다. 즉, 내가 죽음을 두려워하니까 어린아이가 우물에 빠지는 것을 두렵게 여기는 것이다. 만약 내가 죽음을 두려워하지 않는다면, 내 스스로 우물에 빠질 수도 있을 것이고 그것을 대수롭지 않은 일로 여길 테니 두려운 마음 따위가 생길 리 없다.

내가 없으면 곧 어린아이도 없고, 두려워하는 마음이 없으면 곧 측은해하는 마음도 없다. 어린아이는 나의 확대형이고, 측은해하는 마음은 두려워하는 마음의 확대형이다.

맹자가 사람들에게 측은히 여기는 마음을 확충하라고 가르친 것은 아주 훌륭한 일이다. 다만 "측은해하는 마음은 두려움을 확충한 것이다"라는 말을 삼가 왔기 때문에, 후세 사람들의 오해를 일으켜 폐단을 낳고 말았다.

특히 이후 송대 유학자들은 이 점을 살펴보지 못한 채, 측은히 여기는 마음을 인성의 근본으로 여기고, 측은해하는 마음 전에 두려워하는 마음이 있다는 사실을 망각하였다. 이들의 모든 논의는 측은해하는 마음을 출발점으로 삼고 있을 뿐, 두려워하는 마음을 출발점으로 삼고 있지 않기 때문에 인성을 말살시켰다고 하지 않을 수 없다.

이들의 학문 또한 봉건적 윤리만 남기고 인간의 욕망을 버리는 데 중점을 둔다. 송대 유학자들은 두려움을 인간의 욕망으로 간주하고 온갖 수단을 다 동원하여 그것을 제거하려 했다. 두려움이 측은해하는 마음의 안쪽 원인지도 모르고 그 두려워하는 마음을 없애 버리려고 했으니, 어떻게 측은히 여기는 마음이 남아 있을 수 있겠는가?

정자(程子 : 정명도 정이천 형제)의 제자들은 오로지 '인간의 욕망을 버리는' 것, 즉 '두려움을 버리는' 것에 전력을 기울였다. 그 제자들 가운데 여원명이란 자가 있었다. 그는 가마를 타고 물을 건너다가 자신의 하인이 물에 빠져 익사했는데도 가마에 편안히 앉아 냉담하게 조금도 개의치 않았다. 그는 두려움을 없앤 자이므로, 하인이 익사한 것을 보고도 측은히 여기는 마음이 들지 않았던 것이다.

정자의 학설은 남도까지 전해졌는데, 장남헌의 부친 장위공은 부리의 전투에서 십만이 넘는 병사를 잃었는데도 밤새도록 우레와 같은 소리로 코를 골아 댔다. 그 모습을 본 남헌은 자기 부친이 마음을 잘 다스리는 데 능통하다고 칭찬했다. 이 장위공 역시 두려움을 없앤 사람이다. 때문에 죽은 사람을 삼베 정도로 여기고 측은해하는 마음을 갖지 않았다.

물론 정자 자신도 두려움을 없앤 사람이다. 그렇기 때문에 "아녀자가 굶어 죽는 것은 사소한 일이지만, 정절을 잃는 것은 큰일이다"라는 따위의 의견을 내놓았다. 사람들이 말하기를 "송대 유학자들은 (봉건) 윤리로 사람을 죽인다"고 하는 것이 하등 이상

할 게 없다.

사람의 심리는 역학의 법칙에 따라 변화한다. 힘에는 원심력과 구심력 두 종류가 있다. 〈도표1〉은 겹겹으로 바깥쪽을 향해 멀어지는 원심력 현상이다. 〈도표2〉는 겹겹으로 안쪽을 향해 수축해 들어오는 구심력 현상이다.

맹자는 〈도표1〉의 중심에 서서 바깥쪽을 바라보며, 인간의 천성은 어린아이가 친부모를 사랑하고, 자라서는 형을 사랑하며, 더 나아가 이웃 사람들, 자기 성 사람들, 자기 나라 사람들을 사랑하는 식으로 점차 층층으로 확대되어 간다고 생각했다. 만약 여기에서 더 확대된다면, 인류를 사랑하고 사물을 사랑하는 데까지 나아갈 수 있다. 그는 인간의 본성이 선하다고 단정하기 때문에 늘 사람들에게 이러한 고유의 선한 품성을 확충시켜 나가도록 했다.

반면에 순자는 〈도표2〉의 바깥에 서서 안쪽을 바라보며, 인간의 본성은 모두 꽃을 보면 돌을 잊고, 개를 보면 꽃을 잊고, 사람을 보면 개를 잊어버리고, 친구를 보면 남을 잊어버리는 식으로 점차 층층으로 축소되어 간다고 생각하였다. 집이 무너져 내릴 상황에 다다르면, 노골적으로 자기 자신만 생각하고 절친한 친구조차 잊어버리고 만다. 따라서 그는 인간의 본성이 악하다고 단정하기 때문에 늘 사람들에게 이러한 고유의 악한 품성을 억제하도록 했다.

그러나 사실 이런 현상은 성선설이나 성악설과는 무관하다. 다만 가정해 본다면, '심리는 역학의 법칙에 따라 변화한다'는 것이다. 뉴턴의 만유인력설, 아인슈타인의 상대성이론을 심리학에 응용하여 심리와 물리를 함께 연구한다면 어찌 간편하고 명확하지 않겠는가? 무엇 때문에 성선설이니 성악설이니 하는 명사를 놓고 쉴 새 없이 아옹다옹 논쟁을 벌이는가?

맹자가 말한 '부모를 사랑하고 형을 공경한다' '두렵고 측은해 하는 마음' 등의 구절은 모두 그 내부에 '나'를 감추고 있다. 그는 언제나 두 번째 원부터 언급할 뿐, 첫 번째 원의 '나'에 대해서는 대충 생략하고 넘어간다.

그에 비해 양주(楊朱 : 전국시대의 사상가, 개인주의 사상인 위아설을 주장했다)는 '자기 자신을 위한다'는 사실을 솔직히 받아들이고 첫 번째 원을 명백하게 밝힌 셈이다. 그렇지만 그는 단지 첫 번째 원에만 신경을 쓸 뿐, 두 번째 이후의 여러 원들은 내버려두고 아랑곳하지 않았다.

또한 묵적(묵자)은 애정에는 차등이 없는 것이므로, 온 힘을 기울여 제1원의 나를 버리고 원의 구별 없이 아주 커다란 원을 하나 그리면 그만이라고 주장했다. 양자가 작은 원만 취하고 큰 원은 상관하지 않은 반면에, 묵자는 큰 원만 취하고 작은 원은 상관하지 않았다. 이들 두 학파는 자연 현상이 큰 원 작은 원으로 겹겹이 둘러싸인 것이라는 사실을 알지 못했다.

물론 맹자와 순자 두 사람은 겹겹으로 둘러싸고 있는 현상을 보았다. 그러나 맹자는 층층으로 확대되어 간다고 말하고, 순자는 층층으로 축소되어 간다고 말한다. 아무래도 좀 둘 다 한쪽으로 편향된 것 같다. 내 생각에는 양자가 말한 '나'를 중심점으로 삼고 그 바깥에 차등적인 사랑을 겹겹이 덧보탠다면 자연 현상과 서로 일치할 것이다.

송대 유학자들의 '이기심을 버려라'는 주장은 마땅히 분석해 보고 연구해 볼 필요가 있다. 이기적인 것과 공평한 것에 대해 말하자면 양자는 상대적이지 절대적인 것이 아니다.

가령 처자식을 돌보지 않고 오로지 자기만 알아서 자신의 몸만을 둘러싼 원을 그린다면 아내는 틀림없이 나에게 이기적이라고 말할 것이다. 그래서 '나'의 원을 치우고 처자식을 둘러싼 원을 그리자, 원 밖에 있던 형제가 또 나에게 이기적이라고 말 할 것이다. 그래서 다시 '처자식'의 원을 치워 버리고 형제를 둘러싼 원을 그리자, 이번에는 원 밖에 있는 이웃 사람들이 또 나에게 이기적이라고 말할 것이다. 그래서 '형제'의 원을 걷어치우고 이웃 사람들을 둘러싼 원을 그리자, 또 다시 원 밖에 있던 자기 나라 사람들이 나에게 이기적이라고 말할 것이다. 그래서 또 '이웃 사람'의 원을 치우고 자기 나라 사람들을 둘러싼 원을 그리자, 이번에는 전 인류가 나에게 이기적이라고 말한다. 어쩔 수 없이 '자기 나라 사람'의 원을 치우고 전 인류를 둘러 싼 큰 원을 그려야만, 비로소 '공평하다'고 말할 수 있게 된다.

그러나 여전히 공평하다고 말할 수 없다. 만약 전 세계 동물·식물·광물 등이 모두 말을 할 수 있다면, 동물들은 분명히 다음과 같이 말할 것이다. "당신들은 왜 우리를 도살하려고 하는가? 아무래도 너무 이기적인 것 같다."

그러면 초목은 동물들에게 물을 것이다. "너희들은 왜 우리를 먹으려고 하는 거야? 아무래도 너무 이기적인 것 같다."

그러자 진흙, 모래, 자갈 등도 역시 초목에게 따질 것이다. "너희들은 왜 우리 몸에서 자양분을 흡수해 가는 거지? 아무래도 너무 이기적인 것 아냐?"

뿐만 아니라 진흙, 모래, 자갈 등은 지구 중심을 향해 다음과 같이 물을 것이다. "너는 왜 우리를 네 중심 쪽으로 끌어당기는 거야? 지구 중심, 너 아무래도 너무 이기적인 것 같지 않니?"

태양 또한 지구 중심을 향해 다음과 같이 물을 수 있다. "나는 너를 끌어당기고 있는데, 너는 왜 다가오지 않고 자꾸 밖으로 도망칠 생각만 하는 거지? 게다가 한술 더 떠 슬며시 나를 잡아당기니, 지구 너 정말 이기적이라고 하지 않을 수 없구나."

그리하여 만약 태양이 더 이상 참지 못하고 지구에게 이기심에 얽매인다고 비난하면서 아예 끌어당기지 않게 된다면 지구는 당장 소멸되고 말 것이다.

이와 같이 추론해 보면 다음과 같은 사실을 알게 된다. 즉 전세계를 온통 다 뒤져보아도 '공평한 것'을 찾아 낼 수 없다는 것이다. 흔히 말하는 공평하다는 것은 범위가 그어져 있는 것으로, 범위 이내의 사람들은 공평하다고 말하고, 범위 밖의 사람들은 여전히 이기적이라고 말한다.

아울러 다음과 같은 사실을 알 수 있다. 사람의 이기심은 보통 인력을 지니고 있다. '이기심'을 없애지 못하는 것은 만유인력을 제거하지 못하는 것과 같다. 만약 그것을 제거한다면 인류도 사라지고 세계도 사라질 것이다. 그런데 송대 유학자들의 '이기심

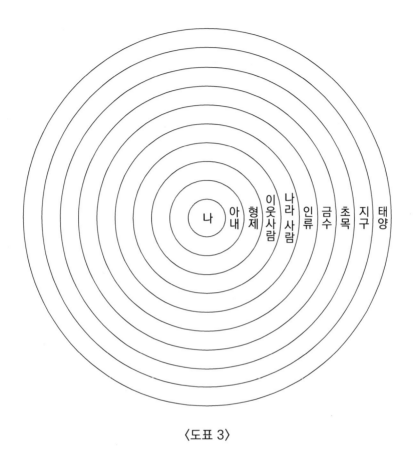

〈도표 3〉

을 버려라'는 주장이 어떻게 실현될 수 있겠는가?

이기심을 제거하지 못하면 아무래도 남을 해치지 않을 수 없을 텐데, 그러면 어떻게 처리해야 한단 말인가? 여기에는 방법이 있다. 기왕 사람의 이기심이 만유인력과 통하는 이상, 우리가 만유인력을 다스리는 방법으로 사람의 이기심을 다스리면 된다.

위에서 살펴본 도표는 큰 원들이 겹겹으로 둘러싸고 있는 것으로 완전히 지구가 속한 태양계와 흡사하게 질서 정연한 모습이다. 우리는 그것을 본떠서 세상의 모든 사물들을 질서 있게 배열해야 한다. 마치 하늘의 수많은 별들과 천체들이 서로 일정한 관계를 유지하고 있는 것처럼 말이다. 그렇게 되면 이 세상은 서로 다툼 없이 화목하게 지낼 수 있을 것이다.

그럼 이제는 옛사람들의 발자취로부터 심리의 궤도를 찾아보도록 하자.

사람의 마음은 비록 눈에 보이지는 않지만 행한 일을 통해 드러난다. 『이십사사』는 인류의 심리가 남겨 놓은 그림자다. 우리가 이 역사적 사실들을 가지고 역학의 법칙에 따라 그것을 도표로 그려보면, 인간사가 복잡하게 얽혀 있긴 하지만 모두 일정한 궤도를 갖고 있다는 것을 알 수 있다.

도표로 나타내는 방법을 예로 들어보자. 만약 마음속으로 어떤 일이 떠오르면 곧 그 일을 일종의 물체로 삼는다.(원, 사각형) 그것을 떠올리자마자 마음속에서 즉시 일종의 힘(선, 화살표)이 뻗어 나와 그것과 연결된다. 그 힘은 그것을 좋아하면 가까이 끌어당기고 싶어 하고, 그것을 싫어하면 멀리 밀어내려 한다. 이와 같이 서로 밀고 당기는 속에서 궤도를 찾아 낼 수 있다.

손자는 다음과 같이 말했다. "오나라 사람과 월나라 사람은 서로 상대방을 싫어했으나, 같은 배를 타고 강을 건너다 풍랑을 만나자 마치 왼손과 오른손처럼 서로를 도왔다."

이는 배가 침몰하려고 하자 오나라, 월나라 사람이 배를 살리기 위해 서로 똑같이 힘을 합친 것이다. 따라서 평소의 원수 사이도 어려울 때는 서로 돕는 좋은 친구로 변할 수 있다. 대체로 역사상의 일들은 모두 이러한 법칙에 근거하므로, 그것을 도표로 그려 연구해 볼 수 있다.

한신의 배수진은 자신을 사지에 몰아넣은 뒤에 비로소 삶을 도모하는 것이다. 한나라 병사가 진여의 병사들에게 내몰렸는데, 앞에는 큰 강이 가로놓여 있는 막다른 길이었다. 오로지 몸을 되돌려 진여의 병사들을 물리쳐야만 비로소 살 길이 트이는 상황이다.

한나라 병사들이 저마다 이런 생각을 갖자 모두들 똑같이 힘을 합했다. 그리하여 오합지졸인 무리가 하나로 단결할 수 있었다. 그 힘을 합친 방향이 결국 한신의 생각과 일치되었기 때문에, 한신은 가만히 앉아서 성공을 거두게 되었다.

장이와 진여는 생사를 같이하는 절친한 사이로 불릴 만큼 서로 좋은 친구 관계였다. 후에 장이가 진나라 병사들에게 겹겹이 포위당하여 진여에게 구조를 요청했지만, 진여는 진나라를 두려워하여 거절했다. 두 사람은 이 일로 인해 깊은 원한 관계를 갖게 되었다.

이때 장이는 진나라 병사를 진여 쪽으로 밀어내고, 진여 또한 진나라 병사를 장이 쪽으로 밀어내어 힘의 방향이 서로 상반되었다. 따라서 절친한 친구 사이도 원수로 변할 수 있는 것이다. 결국 장이는 한신을 도와 진여를 죽였다.

진나라 말엽 온 천하가 진나라의 학정에 시달리자, 진승이 군사를 일으켰다. 그러자 산동의 호걸들이 모두 이에 호응하여 중간에서 연락하는 이가 없어도 자연히 결합되기 시작했다.

이는 백성들이 오랫동안 진나라의 억압을 받아 온 탓에 저마다 마음속으로 진나라를 타도하고 싶어하기 때문이다. 그리하여 이처럼 이해관계가 같고 마음이 같기 때문에 모두 힘을 합치게 된 것이다. 따라서 연합하려고 할 필요 없이 자연스럽게 연합하게 되었다.

유방과 항우가 군사를 일으켰을 때 모두 진나라를 멸망시키는 데 뜻을 두고 있었기 때문에 서로의 목적이 일치하자 협력하게 되었다. 따라서 성이 다른 사람들도 형제로 결합할 수 있는 것이다. 이후 진나라를 멸망시켜 목표가 없어지고 눈앞에 천하의 모습이 드러나자 유방과 항우는 서로 그것을 빼앗고 싶어 했다. 이에 따라 서로 힘의 방향이 상반되어 성이 다른 형제들 간에 곧 혈전이 벌어졌다.

항우가 패권을 잡았을 때 유방은 마음속으로 '항우를 없애기만 하면 된다!'고 생각했다. 한신과 팽월 역시 '항우를 죽이기만 하면 그만이다'라고 생각하였다. 이처럼 그들의 생각이 똑같았기 때문에 자연스럽게 협력할 수 있었다. 마침내 해하까지 추격하여 항우를 죽였다. 그러나 항우가 죽자 그들은 더 이상 협력할 필요가 없었다. 서로들 권세와 이득을 좇기에 바빴다. 그러나 권세와 이득이라는 것이 상대방이 많이 차지하면 나는 조금 차지해야 하고, 내가 많이 차지하면 상대방이 조금 차지해야 하기 때문에 서로의 힘이 충돌하기 마련이다. 때문에 한나라 고조가 된 유방은 공을 세운 한신과 팽월을 죽였다.

당나라 태종이 수나라를 치고 명나라 태조가 원나라를 치기 위해 군사를 일으켰을 때도 한나라와 마찬가지였다. 그 일이 성사된 후에 당나라는 형제들끼리 서로 죽이고, 명나라는 공신 일가족을 몰살하였으니, 이 또한 한나라의 경우와 다를 게 없다.

대개 천하가 평정된 후에 왕과 신하의 힘이 서로 충돌하게 된다. 이때 왕이 신하를 제거하지 않는다면, 신하가 거꾸로 왕을 제거할 것이다. 즉 두 힘의 크기에 따라 서로의 생사가 결정되는 것이다.

이사원은 후당의 장종을 보필하여 후량을 멸망시키고 거란족을 없앴다. 그런 그를 장종의 힘으로는 제지할 수 없게 되자 그는 곧 장종의 천하를 빼앗았다. 조광윤은 후주의 세종을 보필하여 후한과 후당을 쳐부수었다. 왕이 그런 그를 제지할 수 없게 되자 그 역시 후주의 천하를 빼앗았다.

이것이 바로 유방이 한신과 팽월 등을 죽이지 않을 수 없었던 또 다른 일면이다.

광무제 유수가 천하를 평정한 후, 등우·경감 등은 군사통수권을 넘겨주고 문 닫고 들어앉아 책이나 읽었다. 이렇게 은거 생활에 들어간 것은 광무제의 노선을 똑똑히 간파하고 미리 물러난 것이다. 송나라 태조는 자신이 걸어가야 할 길을 미리 분명하게 밝혀, 그들이 스스로 군사통수권을 내놓고 물러나게 했다.

사실 후한의 광무제와 송나라 태조의 마음은 한나라 고조와 똑같다. 우리는 한나라 고조의 성질이 잔인하다고 말할 수 없다. 그렇듯이 후한의 광무제와 송나라 태조의 도량이 넓다고 말할 수도 없다. 다만 이것이 바로 역학의 법칙이라는 것을 말할 수 있을 뿐이다.

악비(남송 고종 때의 충신)는 중원 땅을 회복하고자 남쪽으로 사신을 보내려 했다. 반면에 진회(중국의 대표적 간신)는 오히려 중원 땅을 양보하고자 북쪽으로 사신을 보내려 했다. 악비는 휘종 흠종 두 왕을 맞이하고자 남쪽으로 사신을 보내려했다. 반면에 고종은 두 왕을 배제하고자 북쪽으로 사신을 보내려했다.

고종과 진회는 방향이 일치하자 즉각 협력했는데, 그들의 협력 방향은 마침 악비와는 상반되는 것이었다. 그런데 악비 혼자 힘으로는 고종과 진회의 협력을 당해 낼 수 없었다. 그리하여 악비는 아무런 죄가 없으면서도(그래도 아주 없다고는 할 수 없다는 괴상한 죄명을 쓰고) 결국 살해당하지 않을 수 없었다.

역사상으로 남의 앞길을 방해하는 사람 치고 화를 입지 않은 자는 없다.

유비가 장유를 죽이자, 제갈량이 유비에게 그의 죄가 무엇인지 물었다. 이에 유비는 대답하였다. "향기로운 난초라도 문 앞에 있으면 제거하지 않을 수 없지!"

도대체 그 난초에게 무슨 죄가 있겠는가? 그 죄는 있지 말아야 할 곳에 있는 것이다.

조광윤(송 태조)이 강남 지역을 공격하였는데, 강남에서는 서현을 사신으로 보내 군대를 물려달라고 요청했다. 그러자 그는 이렇게 말했다. "내 침대 곁에 어찌 다른 사람이 코골며 자게 내 버려두겠는가?"

이때 코골며 자는 것이 무슨 죄이겠는가? 그 죄는 바로 자지 말아야 할 곳에서 잔다는 데 있다.

옛날에 아주 이상한 일이 있었다. 광예, 화사 형제 두 사람은 위로는 천자에게 신하 노릇을 하지 않고 아래로는 제후들과 사귀지 않으면서, 밭을 갈아먹고 우물을 파서 마시며 살았다.

이들은 분명히 '인적 없는 곳'에 숨어 핀 난초이자, 또한 '스스로의 침상'에서 코골며 자는 사람들이다. 그러므로 남에게 화를 당할 리 없었어야 했다. 그러나 태공이 영구 땅에 이르자 제일 먼저 그들을 죽였다. 이는 도대체 무슨 경우인가? 왜냐하면 태공은 그 당시 벼슬과 녹봉으로 호걸들을 마음대로 부리고 싶어 했는데, 기어코 벼슬과 녹봉을 받지 않은 두 사람이 눈앞에 가로막고 서 있기 때문이었다.

이것은 바로 자기 앞길을 방해하는 것이니, 어떻게 그들을 용납할 수 있었겠는가? 태공은 성인이고 광예·화사는 지조 높은 선비이다. 지조 높은 선비가 길을 가로막으면 성인일지라도 그들을 용서할 수 없다. 이것이 일반적인 통례라고 할 수 있다.

봉몽이 예를 죽인 것은, 스승이 제자의 길을 가로막았기 때문이다. 오기가 자기 아내를 죽인 것은, 아내가 남편의 길을 가로막았기 때문이다. 한나라 고조는 (자기 아버지를 삶은) 국 한 사발을 나누어 달라고 말했는데, 이는 아버지가 아들의 길을 가로막은 경우이다. 주공이 관숙과 채숙을 죽이고, 당태종이 건성과 원길을 죽인 것은, 형이 동생의 길을 가로막았기 때문이다. 이로 보아 서로의 노선이 충돌하면 설사 부모 형제 부부 사이일지라도 살의를 품는다는 것을 알 수 있다.

왕맹은 환온(동진의 정치가)을 만났지만 그의 제의를 거절하고, 오히려 전진의 벼슬길에 올라 부견을 도왔다. 아마 은호(환온에게 잘 보이려 한 자)는 이런 이치를 알지 못했을 것이다.

범려는 오나라를 멸망시킨 후 벼슬을 버리고 배를 타고 곳곳을 돌아다녔다. 그러나 문종(오나라를 멸망시키는 데 공을 세웠으나 반란을 꾸민다는 의심을 받아 죽음)은 이런 이치를 알지 못했다. 그렇기 때문에 모두 실패했다.

이 외에도 한비자가 진나라에 사신으로 갔다가 갇히고, 오자서가 칼로 자살하고, 계강이 피살되고 완적이 화를 모면하는 등등의 사실들을 한번 살펴보자. 또 한비를 독살시킨 이사, 오자서에게 자살하도록 명령한 부차, 그리고 완적만 용서하고 계강을 죽인 사마소 등 각 사람들의 속셈을 들여다보자. 그들의 노선을 살펴보면 때로는 충돌하고 때로는 충돌하지 않는데, 확실히 그 사이에는 움직일 수 없는 일정한 원칙이 존재한다는 사실을 알게 된다.

왕안석은 다음과 같이 말했다. "하늘의 변동은 두려워할 필요 없고, 남의 말 따위는 우려할 만한 것이 못 되며, 선조들은 본받기에 부족하다."

비록 그 이치는 옳지만 그 당시 그는 이 말 때문에 중상모략을 당했다. 우리가 오늘날 읽어보아도 그가 오만한 기세로 남을 깔보는 것처럼 느껴져 기분이 조금 언짢아진다. 만약 우리가 그 당시에 태어났다면 꼭 그와 충돌하지 않았으리라고 장담 못한다.

진굉모는 말했다. "옳고 그름은 자기 자신에게 돌이켜보고, 칭찬과 비난은 남에게서 듣고, 득실은 계산에 달려 있다."

이 말의 의미는 본래 왕안석이 한 말과 의미가 같지만, 우리가 이 글을 읽고 나면 이 사람이 더 상냥하고 친절한 듯한 생각이 든다. 이는 무슨 까닭인가?

왜냐하면 마치 왕안석은 길 위에 드러누워 '하늘의 변동', '남의 말', '선조들'이 길을 지나가려는 것을 가로막고 되돌려 보내는 것 같기 때문이다. 반면에 진굉모는 '자신', '남', '계산'을 세 개의 평행선으로 나열하여 서로 충돌하지 않도록 했다.

우리는 왕안석의 말을 듣고 자기도 모르는 사이에 '남의 말 따위는 우려할 만한 것이 못 된다'는 구절에서 그 '남' 속에 자신도 포함된다는 생각이 든다. 우리는 진굉모의 말을 듣고 자기도 모르는 사이에 '칭찬과 비난은 남에게서 듣는다'는 구절에서 그 '남' 속에 자신도 포함된다는 생각이 든다. 우리 마음속의 일종의 힘은 남이 자기에게 양보하는 것을 좋아하지, 남이 방해하는 것을 좋아하지 않는다. 때문에 왕안석과 진굉모 두 사람에 대한 감정이 자기도 모르게 다를 수밖에 없다. 만약 이 이치를 깨닫는다면 앞으로 일을 처리하고 남을 대할 때 틀림없이 무한한 이익을 얻게 될 것이다.

다음으로 역학 및 전자기학의 법칙에 따라 각종 심리 궤도를 설명해 보자.

물체의 분자를 분해하면 원자를 얻게 되고, 다시 원자를 분해하면 전자기를 얻게 된다. 전자기는 일종의 힘이다. 이 사실은 이미 과학자들이 증명한 것이다.

사람은 물체의 일종으로 우리의 신체는 전자기의 집합으로 이루어졌다. 몸과 마음은 본래 하나의 물체이다. 따라서 우리들의 심리는 역학의 법칙을 벗어날 수 없으며 전자기학의 법칙을 벗어날 수 없다.

심리적 현상과 전자기적 현상은 매우 닮았다. 사람에게는 칠정이 있는데, 크게 나누면 좋고 싫음 두 가지다. 마음이 좋아하는 것은 가까이 끌어당기고 마음이 싫어하는 것은 멀리 밀어낸다. 이것이 어찌 전자기 현상과 다른 것이겠는가?

사람의 마음은 지(知)·정(情)·의(意) 세 가지로 나뉘는데, 의는 지와 정의 혼합물이다. 따라서 지와 정 두 가지가 있을 뿐이다. 전자기가 같은 성질끼리는 서로 밀어내고 다른 성질끼리는 서로 끌어당기듯이 서로 밀고 당기는 작용이 정(情)의 현상이다. 같은 성질인지 다른 성질인지 아는 것이 지(知)의 작용이다. 이로 볼 때 전자기 현상에도 지와 정이 있음을 알 수 있다.

양전하가 음전하를 필요로 할 때, 또 양전하가 다가온다면, 그의 음전하를 나누어 줘야 하기 때문에 당연히 그것을 밀어내려고 할 것이다. 음전하가 음전하를 밀어내는 것도 마찬가지 이치이다. 마치 어린아이가 무엇을 먹고 있을 때 형이 다가오는 것을 보고 손으로 그를 밀어내고 때리려는 것과 똑같다.

양전하와 음전하가 만나면 각자 바라던 바이기 때문에 당연히 서로 잡아당긴다. 그 현상은 또한 사람의 마음과 마찬가지이다.

형체가 있는 물체이건 형체가 없는 물체이건 간에 우주의 모든 사물은 자기 쪽으로 잡아당기는 힘을 갖고 있다. 일반적으로 말해서 우리의 마음속은 일종의 힘이 오관을 통해 외부의 사물을 끌어당겨 이루어진 집합이다.

예를 들어 우리 눈앞에 어떤 물체가 있다고 하자 우리가 그것을 주시해 보면 곧 일종의 힘이 눈에서 튀어나와 그 물체와 연결된다. 우리가 눈을 감아도 그 물체의 형상을 기억해 낼 수 있는 것은 이러한 힘이 물체를 끌어당겨 묶어 놓았기 때문이다.

우리가 마음속에 지닌 지식들의 내원을 일일이 살펴보면 외부로부터 들어오지 않은 것이 하나도 없다. 그 거쳐 간 노선은 다름 아닌 눈·귀·코·혀·몸밖에 없다. 비록 사람은 새로운 이치를 발명할 수 있다고 말하지만, 그것은 외부에서 얻은 지식을 토대로 한다.

마치 집을 지을 때 외부에서 구입한 벽돌·기와·목재·돌 등에 의거하는 것과 마찬가지이다. 만약 각종 지식들의 내원을 조사하기 위해 눈으로 들어온 것은 다시 눈으로 내보내고 귀로 들어온 것은 귀로 내보내는 식으로 하나하나 들어온 길로 다시 내보낸다면, 우리의 마음속은 곧 아무 것도 없이 텅 비어 버리고 한 덩어리의 힘만 남게 될 뿐이다.

우리가 자신의 마음을 자세히 들여다보면 각종 변화는 모두 역학의 궤도에 따라 움직인다는 것을 알 수 있다. 몹시 기뻐할 때 일종의 힘이 밖으로 뻗어 나온다. 반면에 두려워할 때 그것은 다시 안으로 수축한다.

뜻밖의 변고를 만나 동쪽으로 가려고 하면 동쪽에 장애물이 있고 서쪽으로 가려고 하면 서쪽에 장애물이 있을 때, 그 힘은 정처 없이 갈피를 못 잡고 혼란한 마음 상태가 된다. 만약 어떤 학설에 대해 그것을 인정한다면 끌어당겨 받아들일 것이고, 그것을 부인한다면 분명 밀어낼 것이다. 한 학설을 접하고서 일리가 있는 것 같기도 하고 일리가 없는 것 같기도 하여, 받아들일 수도 없고 거부할 수도 없을 때는 의심하는 태도를 갖는다.

사람의 마음은 사리를 추구한다. 즉 직선을 따라 곧장 앞으로 나아가 갑이라는 곳에 이르렀을 때 사리가 통하지 않으면 을이라는 곳으로 꺾이고, 또 다시 거기서도 통하지 않으면 병이라는 곳으로 꺾어진다. 이처럼 마음은 여러 번 우여곡절을 겪게 되는데, 마치 시냇물이 굽이굽이 흐르는 것과 같다.

물은 본래 직선으로 흐른다. 그러나 비록 구불구불 흐를지라도 여전히 역학의 법칙에서 벗어날 수는 없다. 우리의 마음도 이와 마찬가지이다. 이 밖에도 또 여러 가지 현상이 있는데 자세히 연구해 보면 결국 밀고 당기는 두 가지 작용밖에 없다.

때로는 마음을 가라앉히고 조용히 앉아 모든 인연을 끊어 버리면 밀고 당기는 것도 없고 밀고 당겨지는 것도 없게 된다. 마치 넓고 깊은 못에 물결 한 점 일렁이지 않고 그 고요한 수면 위로 밝은 달빛이 비치는 풍경과 흡사하다. 이때의 마음은 비록 겉으로는 어떤 작용도 드러내고 있지 않지만, 사실 수천 수백 가지 작용이 그 속에 내재되어 있다.

사람의 심리는 전자기와 서로 통한다. 전자기가 조화되면 아무런 작용도 없다가 일단 작용을 일으키면 그 변화를 예측할 수가 없다. 만약 전자기의 이런 이치를 이해할 수 있다면 사람의 심리도 확연히 알 수 있을 것이다.

사람들은 저마다 하나의 마음을 갖고 있다. 즉 사람마다 일종의 힘을 갖고 있다. 각자의 힘은 밖으로 뻗어나가기 때문에 당연히 도처에서 충돌하게 된다. 그런데 어째서 평상시에는 충돌하는 일이 그다지 많이 눈에 띄지 않는 것일까? 이는 바로 힘이 작용하는 데는 여러 가지 다른 변수가 있기 때문이다.

종종 힘과 힘이 서로 교차하지 않을 때가 있다. 예를 들어 이 사람은 갑이란 일을 하고 저 사람은 을이란 일을 한다면 각자 서로 상관하지 않을 것이다. 또한 힘과 힘이 서로 소멸되는 경우가 있다. 예를 들어 어떤 자가 아무개를 해치려는 생각을 품었다가 상대방이 만만찮게 여겨져 도저히 그를 상대할 수 없을 것 같은 두려움으로 포기하게 되는 경우가 그것이다.

힘과 힘이 서로 합쳐질 때도 있는데, 예를 들어 가마꾼들이 발을 내딛는 템포는 당연히 일치될 수 있다. 힘과 힘이 서로 필요로 하는 경우도 있다. 예컨대 옷감을 파는 사람과 재봉사가 그렇다. 옷감은 있는데 바느질하는 사람이 없거나, 바느질하는 사람은 있는데 옷감이 없거나 하면 안 된다. 서로 필요로 하는 것을 사용하면서 자연히 서로 사이좋게 지낼 것이다.

반면에 큰 힘이 작은 힘을 제압하는 경우가 있다. 예를 들어 어린아이가 한참 신나게 놀고 있는데 부모가 갑자기 그에게 어떤 일을 시키면 비록 속으로는 원하지 않더라도 할 수밖에 없다. 이

것이 부모의 힘이다. 즉 어린아이의 거부를 힘으로 굴복시킨다. 그러나 우정이 두터운 친구 사이는 다소 거슬리는 것이 있다고 하더라도 서로 용납할 수 있다. 이것은 서로의 응집력이 크기 때문이다. 따라서 당연히 충돌하는 힘이 나타나지 않는다.

또한 큰 힘은 작은 힘을 끌어당긴다. 만약 어떤 사람이 특히 끌어당기는 힘이 크다면 그는 곧 전후좌우의 사람들을 끌어 모아 하나의 작은 단체를 만들 수 있다. 단체가 결성된 후 협력 작용으로 그 힘이 더욱 커지게 되고 다시 외부를 향해 끌어당기기 시작한다. 그리하여 끌어당기면 당길수록 그 힘은 자꾸 불어나서, 이윽고 세상에 널리 행사할 수 있게 된다.

우리가 자세히 고찰해 보면 사람과 사람의 만남은 서로의 힘들이 그물망처럼 복잡하게 얽혀 있는 모습이라는 것을 알게 된다. 그 수많은 힘들은 충돌하지 않을 뿐만 아니라, 서로를 필요로 하고 서로 도우면서 일을 수월하게 이끈다. 인류가 유지될 수 있고 이 세상에 생존할 수 있는 것도 바로 이런 이치이다.

이 세상 모든 일의 변화는 사람과 사람 사이의 접촉으로 생긴 것이다.

'나'와 '어떤 한 사람'을 수학의 ❧와 ❦로 놓고 2차원 식을 구해 볼 수 있겠는데, 해석 기하에 의하면 다섯 종류의 선을 얻을 수 있다. 즉 두 직선·원·포물선·타원·쌍곡선 등이다.

인간사의 복잡다단함은 다름 아닌 사람과 사람끼리 서로 접촉하는 유형일 뿐이므로, 어쨌든 이 다섯 가지 궤도를 벗어날 수 없다. 위에서 들었던 역사상의 예들은 모두 '두 직선(화살표)'에 속하고, '나'를 중심으로 그린 도표들은 '원'에 속한다. 이 외에도 포물선·타원·쌍곡선 세 종류가 있는데, 그 설명은 아래와 같다.

포물선이란 무엇인가? 우리가 돌멩이를 밖으로 던질 때의 힘이 원심력이다. 반면에 지구 인력이 이 돌을 끌어당기는 것은 구심력이다. 돌에 가해진 원심력은 결국 지구 인력을 돌파하지 못하고 다시 아래로 떨어지게 되는데, 이 돌이 그리는 노선이 곧 포물선이다.

약소민족들이 열강에 대해 걸어갈 수밖에 없는 길이 바로 포물선이다. 예를 들어 인도 민족은 독립하고 싶어 한다. 이것은 영국에 대해 생긴 일종의 원심력이다. 그러나 영국은 강력한 힘으로 그를 굴복시켜 영국의 세력 범위를 벗어나지 못하게 한다. 이는 바로 돌을 던졌을 때 결국 지구 인력을 벗어나지 못하고 다시 아래로 떨어지는 것과 같다.

지구가 태양 주위를 도는 상태, 이러한 노선을 타원이라고 한다. 즉 원심력과 구심력이 결합되어 이루어진다. 수학으로 말하자면 한 점에서 두 정점에 이르는 거리의 합이 항상 같을 때 이 점의 궤도를 타원이라고 한다. 그 합이 같다는 것은 그 값이 같다는 것이다. 예를 들어 장사를 할 때 고객이 돈을 주면 상점 주인이 물건을 넘겨주게 된다. 이때 양자의 값이 똑같기 때문에 하나의 물체로 간주할 수 있다. 이는 고객이 돈을 던졌는데 상점 주인을 삥 돌아서 다시 본래 제자리로 돌아오게 되는 것이다. 또한 상점주인 입장에서 보자면 물건을 던졌는데 고객을 삥 돌아 다시 본래 제자리로 돌아오는 것이다. 따라서 타원형이 되면 거래하는 양쪽 모두 매우 흡족해 한다.

돈을 가지고 있는 고객은 반드시 어떤 상점에서 구매할 필요는 없다.(다른 상점에서 사도 된다.) 이것이 바로 원심력이다. 하지만 어떤 상점의 물건은 고객의 마음을 사로잡기에 충분할 정도로 끌어당기는 힘을 갖고 있는 경우가 있다.

한편, 상품을 가지고 있는 상점 주인은 반드시 어떤 손님에게 팔아야 할 필요는 없다.(다른 손님에게 팔아도 된다.) 이것이 원심력이다. 하지만 어떤 손님의 품안에 있는 돈은 상점 주인의 마음을 사로잡기에 충분할 정도로 끌어당기는 힘을 갖고 있는 경우가 있다.

그리하여 원심력과 구심력의 결합으로 고객은 돈을 내고 상점 주인은 물건을 건네주어 각자 바라던 대로 거래가 이루어지게 된다. 이것이 바로 타원 상태이다.

또 자유 결혼을 예로 들자면, 한 여자가 반드시 어떤 남자에게 시집 갈 필요는 없다. 하지만 어떤 남자의 사랑은 그녀를 매료시키기에 충분하다. 마찬가지로 한 남자가 꼭 어떤 여자에게 장가들 필요는 없다. 하지만 어떤 여자의 사랑은 그를 매료시키기에 충분하다. 이처럼 원심력과 구심력이 균형을 이루는 것 또한 타원 상태이다.

지구가 태양 주위를 돌 때 원심력과 구심력이 서로 균형을 이루면서 타원 상태가 된다. 따라서 우주는 영원히 새로울 것이다. 사회상의 모든 조직은 반드시 이 상태를 본떠야만 비로소 영구히 폐단이 생기지 않을 수 있다. 중국의 구식 혼인 제도는 부모가 주관하고 일단 부부가 되면 평생 바꿀 수가 없어 상당히 원심력이 부족하다. 이 때문에 남녀 쌍방은 늘 고통을 느낀다. 더욱이 원심력만 있고 구심력이 없는 지경에 이르면 더 더욱 안 된다.

태고시기에 남녀가 뒤섞여서 성교를 가지는 바람에 자식들은 어머니만 알지 아버지는 몰랐다. 이것은 구심력이 부족한 경우이다. 중국의 각종 단체들은 흩어진 모래알과 흡사한데, 역시 구심력이 부족한 것이다. 따라서 정치가가 제도를 만들 때 원심력과 구심력 양자의 균형을 맞추지 않으면 안 된다.

쌍곡선이란 무엇인가? 한 점에서 두 점에 이르는 거리의 차가 항상 같을 때 이 점의 궤도를 쌍곡선이라 한다. 그 형태는 두 개의 활을 반대 방향으로 등지게 놓은 것과 비슷하다. 두 학설 혹은 두 행위가 서로 완전히 상반되면 쌍곡선 궤도에 진입했다고 할 수 있다. 예컨대 성선설과 성악설 두 학설은 서로 정반대이다. 그러나 쌍방이 모두 일정한 근거를 갖고 있고 말에 일리가 있기 때문에 말을 하면 할수록 더욱 차이가 심해진다. 마치 쌍곡선이 잡아당길수록 더 늘어나서 양자의 거리가 더욱 멀어지게 되는 것과 같다. 그러나 사실 성선설과 성악설의 차이는 항상 일정하다.

또한 입세간법(入世間法)과 출세간법(出世間法) 양자는 서로 완전히 상반된다. 이기주의와 이타주의 양자 역시 서로 완전히 상반된다. 이러한 모든 것이 쌍곡선에 속한다.

우리는 각종 힘의 방향을 상세히 고찰해 보면, 자신과 타인이 서로 다툼 없이 화목하게 지내는 방법에는 네 가지가 있음을 알 수 있다.

1. 평행선 : 자신과 타인의 목표가 다르고 노선이 다르면 각자의 목표를 향해 나아가기 때문에 피차 관련을 맺지 않게 된다. 즉 평행선은 서로 교차하지 않는다. 때때로 평행하지 않더라도 아직 서로 접촉하지 않았다면 역시 아무 관련이 없을 것이다.

2. 협력선 : 즉 자신과 타인의 이해관계가 서로 같기 때문에 동일한 목적을 향해 나아가는 것이다. 예를 들어 앞에서 언급했던 오나라와 월나라 사람이 같은 배를 타고 함께 강을 건너는 것이 그것이다.

3. 원형 : 우주의 만물은 태어나면서부터 질서 정연하게 배열된다. 무엇이든지 모두 일정한 범위를 갖는다. 자신과 타인 사이에는 일정한 경계선이 있다. 만약 각자 그 경계선을 지켜 내가 너의 범위를 침범하지 않고, 너 또한 나의 범위를 침범하지 않을 수 있다면, 당연히 서로 화목하게 지낼 수 있을 것이다.

4. 타원형 : 권리와 의무가 같은 일에 속하는 것은 모두 여기에 포함된다.

이 네 가지 선 중에서 첫 번째, 세 번째 선의 결과는 내게 이롭지만 남에게 손해를 끼치지 않거나, 또는 남에게 이롭지만 나에게 손해를 끼치지 않는다. 두 번째, 네 번째 선의 결과는 자신과 타인에게 모두 이롭다.

우리가 어떤 일에 부딪칠 때마다 이들 노선을 살펴보고 잘 골라서 걸어간다면 자신과 타인은 절대 충돌할 리가 없다.

우주의 힘은 순환한다. 이 세계는 태어나지도 죽지도, 늘어나지도 줄어들지도 않는다. 우리는 그 속에서 생존하면서 수시로 그 이치를 발견할 수 있다.

어떤 사람들은 사물의 한 측면만을 보고도 곧 한줄기 진리를 발견할 수 있다. 예컨대 사과가 땅에 떨어지는 것을 보고 만유인력을 발견했다. 주전자 뚜껑이 흔들리는 것을 보고 중기기관을 발명했다. 자석의 기능을 보고 나침반을 발명했다. 죽은 개구리 다리의 운동을 보고 전기를 발견했다.

이 모든 여러 가지 발명 발견들이 결국은 같은 힘의 순환이라는 근원에서 출발한다고 말할 수 있다. 사과가 땅에 떨어지는 것은 힘의 내부 수렴 작용이다. 주전자 뚜껑이 흔들리는 것은 힘의 외부 발산 작용이다. 자기와 전기는 힘의 수렴 발산 두 종류의 작용이다.

다윈은 물줄기가 주변 지형의 굴곡을 따라 흘러가는 것처럼 이 힘이 외부로 '발산'하는 것으로 보고 진화론을 창조했다. 그는 또한 진화 과정 속에서 얻은 형질은 '수렴' 작용에 의해 보존되므로 생물에 유전성이 있다고 말하였다.

이외에도 각종 과학 및 철학 상의 여러 가지 논의들은 모두 이 순환 과정에서 나온 것이다. 예를 들어 어떤 이는 나무 위에서 열

매를 따고, 어떤 이는 나무 위에서 꽃을 꺾고, 또 어떤 이는 나무 위에서 가지와 나뭇잎을 꺾는다면, 비록 그 물건은 다르지만 사실 똑같은 나무에서 꺾은 것이다.

따라서 제자백가의 학설들은 결국 일관된 것들이다. 중국과 서양의 학문 역시 서로 통할 수 있다. 이것이 바로 내가 1920년에 얻은 대 수확이다. 또한 나의 사상이 파괴로부터 건설로 바뀌게 된 전환점이기도 하다.

다윈과의 농담

이종오는 하나의 가설을 제시하려 할 때마다 심사숙고하고 반복해서 연구했다. 그리하여 반드시 스스로 확신을 갖게 된 후에 비로소 자신의 가설을 세울 목적으로 글을 썼다.

더욱이 그는 주위 곳곳에서 증거를 입수하여 긍정적이든 부정적이든 간에 모두 겸허하게 연구해 보고 나서 비판적으로 받아들일 것은 받아들이고 버릴 것은 버렸다. 그렇게 누차 보충을 한 다음에 서적을 저술하였다. 그의 저작들은 이런 식으로 천천히 완성된 것이다.

각설하고, 『심리와 역학』은 최초의 긴 논문으로 보충을 거쳐 1927년이 되어서야 겨우 세상에 발표하였다. 정식으로 전문 서적으로 인쇄되었을 때는 이미 1938년이었다. 이 책이 출판되기 몇 년 전 그는 연구 성과로 다시 세 장을 추가했고, 1931년에는 또 한 장을 추가했다.

만약 그가 일찍 죽지 않았다면 아마 지금까지 계속 보충할 것이다. 그렇지만 결코 "마나님의 전족에 쓰이는 천은 길고 냄새

난다"는 식의 첨가와는 달리, 그의 많은 말들은 단지 그가 가정한 원칙 즉 '심리 변화는 역학의 법칙에 따라 움직인다'는 것을 증명할 뿐이다. 그가 마지막으로 첨가한 장을 앞에서는 언급하지 않았는데, 이제 그 문장을 아래와 같이 소개하겠다.

1. 다윈학설의 수정

다윈은 생물학을 수십 년간 연구하여 전 세계의 곤충과 조류, 식물, 동물 등에 대한 연구를 마친 뒤에 몇 가지 결론을 얻었는데, 과학계에서는 그것을 금과옥조로 신봉하고 있다. 그러나 다윈의 실험에서는 고등 동물에 대한 연구를 미처 하지 못했기 때문에 그의 학설은 적지 않은 흠을 안고 있다는 사실을 전혀 모르고 있다. 그 고등 동물이란 바로 다윈 자신이다.

기왕에 다윈이 인류 사회를 등한시한 바에야 다윈을 표본으로 이 땅에 태어나서 늙어 죽을 때까지 그의 심리와 행위의 발전을 가상해 보았다. 즉 다윈의 학설로 다윈 자신의 학설을 반박하고 인류 사회의 다섯 가지 원칙을 차례로 얻어 냈다.

1) 모든 개개인들은 지식수준이 향상되고 안목이 원대해질수록 그들 사이의 경쟁은 더욱 적어지게 된다.
2) 경쟁은 생존을 경계 영역으로 삼는다. 이 경계 영역을 넘어서면 곧 폐해가 뒤따른다.

3) 같은 나라 사람들 가운데 도덕 수준이 낮은 자는 같은 무리와 가까울수록 더욱 경쟁하고, 도덕 수준이 높은 자는 같은 무리와 가까울수록 더욱 양보한다.

4) 경쟁의 경로는 두 가지이다. 하나는 외부로 힘을 사용하여 타인을 공격하는 것이다. 또 하나는 내면에 힘을 쏟아 자기 자신을 돌아보는 것이다. 외부로 힘을 사용하는 자는 타인의 힘과 충돌한다. 나와 상대방의 두 힘이 서로 대등할 경우 쌍방이 모두 손상을 입게 되고, 대등하지 않을 경우 한쪽이 모든 것을 잃는다. 반면에 내면에 힘을 쏟는 자는 타인의 힘과 충돌하지 않는다. 즉 나와 상대방의 힘이 같으면 어깨를 나란히 하지만, 한 사람의 힘이 특히 우월하다면 그 사람이 주도적 위치에 선다.

5) 모든 일은 자신과 상대, 쌍방의 이익을 원칙으로 하지만 양자를 동시에 병행할 수는 없다. 즉 남에게 이롭고 자기에게 손해나지 않는 정도거나, 또는 자기에게 이롭고 남에게 손해나지 않는 정도가 고작이다.

상술한 다섯 가지 원칙에 의하면, 다윈의 "생존 경쟁에서 강자가 이기고 약자는 도태된다"는 말은 마땅히 수정되어야 할 것으로 생각된다. 왜냐하면 다윈의 원칙은 동물 사회로부터 얻는 것인데, 이것을 일률적으로 인류 사회에 적용시킨다면 곳곳에서 모순이 속출하기 때문이다.

물론 다윈의 원칙을 동물 사회에 적용하는 것은 별 문제가 안 된다. 그러나 공공연하게 인류 사회에 적용시켜 이 학설에 근거한 세계를 만든다면 아마 인류까지 서로 잔혹하게 살상하는 세계가 될 것이다. 때문에 이를 반박하지 않을 수 없다.

다윈은 인류의 진화가 상호 경쟁에 의한 것이라고 말했다. 그러나 각 방면에서 고찰해 보면 인류의 진화는 오히려 상호 양보에 의한 것이라는 사실을 알 수 있다. 예를 들어 내가 서둘러 길을 재촉하며 바삐 걷고 있을 때, 마침 맞은편에서 다가오는 사람을 보고 몸을 옆으로 비켜 양보한다고 해도 여정이 지체되는 것은 아니다. 만약 다윈의 견해에 따른다면 길을 가면서 계속 맞은편에서 오는 사람을 볼 때마다 그를 땅에 넘어뜨려야만 하고, 빽빽한 한 무리의 행인들을 만나면 그들과 싸워 출로를 틀으면서 앞으로 나아가야 하는 식이다.

그럼 어디 한 번 물어 보자. 서둘러서 길을 재촉하는 이 세상 모든 사람들이 전부 이런 식으로 하던가? 만약 '적자생존'을 말하고 싶다면 반드시 이 양보하는 이치를 깨달아야만 비로소 적자이고, 비로소 생존할 수 있는 것이다.

다윈이 보기에는 생물계는 온통 상호 경쟁하는 현상으로 가득 차 있다. 그러나 내가 보기에 생물계는 온통 상호 양보하는 현상으로 가득하다. 깊은 숲 속에 들어가 보면, 각각의 나무들은 서로 양보하면서 모든 나뭇가지와 나뭇잎들은 빈 곳을 향해 뻗어나가고 서로 저항하거나 충돌하는 현상은 극히 드물다는 것을 알게 된다. 나무는 비록 무지한 생물이지만 서로 양보할 줄 안다.

이로 보아 상호 양보는 생물계의 본성임을 알 수 있다. 서로 양보하기 때문에 발전할 수 있는 것이다. 대체로 생물은 모두 이와 같다. 온 산에 가득 새와 짐승들의 울음소리가 어우러지고 온갖 동물들이 모여 사는 곳은 서로 다툼이 없이 평화롭게 지내는 때가 많지, 서로 싸우는 경우는 오히려 적다.

따라서 또 하나의 원칙을 얻을 수 있다. "생물계는 서로 양보하는 것이 상례고, 서로 싸우는 것은 변수다."

다윈은 변수를 상례로 여겼으니 잘못된 것이다. 만약 나뭇가지와 나뭇잎들이 서로 저항하고 충돌하여 한 덩어리로 엉킨다면 이런 나무는 절대 번창하지 못한다.

제1차 세계 대전 때 바로 인류가 한데 뒤엉켰었다. 다윈의 학설에 의하면 이런 현상을 진화라고 해야 하는데, 아무래도 싸우는 것은 좀 납득이 가지 않는다.

다윈의 견해에 따르면 당연히 힘이 강한 자가 생존해야 한다. 그러나 사실상 오히려 힘이 강한 자가 소멸된다. 까마득한 그 옛날에는 온통 곳곳에 호랑이와 표범들이 득실거렸다. 그들의 힘은 인간보다 막강했기 때문에 인류가 그들과 대적하지 못했던 것도 당연하다. 그런데 어째서 호랑이와 표범들은 거의 자취를 감추게 되었는가? 제1차 세계 대전 당시 독일 황제의 세력이 가장 막강했기 때문에 세계에 군림하려 한 것도 당연한 일이다. 그런데 왜 오히려 실패하고 말았는가? 민국 첫해에 원세개의 세력이 가장 컸으므로, 중국을 통일하는 것이 당연한 일인데 왜 오히려 실패했는가?

이런 사실들로 미루어 볼 때 다윈의 학설은 마땅히 수정되어야 한다. 우리가 자세히 고찰해 보면 호랑이와 표범들이 소멸된 것은 전 인류가 그것을 때려잡고자 했기 때문이다. 독일 황제의 실패 또한 전 인류가 그를 타도하고자 했기 때문이다. 원세개의 실패도 전 중국이 들고 일어나 그를 타도하고자 했기 때문이다. 즉 생각이 일치하면 똑같은 방향으로 협력이 이루어진다는 것을 알수 있다. 호랑이와 표범들도, 독일 황제도, 원세개도 모두 협력 때문에 패배당한 것이다.

한편으로, 협력 때문에 생존한다고 말할 수 있겠다. 즉 협력하는 것이 곧 생존의 길이요, 협력을 위반하는 것이 곧 소멸될 운명인 것이다. 협력을 얻으면 강자로 번성하고, 협력을 위반하면 약자로 도태된다. 이러한 사실들로 보아 권력으로 남을 업신여기는 것은 오히려 자연 도태의 일종이다.

다윈의 오류를 다시 비유해서 설명해 보겠다. 가령 우리가 사람들에게 다음과 같이 말한다고 하자.

"생물의 진화는 마치 어린아이가 날마다 키 크는 것과 같다."

그럼 어떤 이는 물을 것이다.

"어린아이가 어떻게 자랄 수 있는데요?"

"그 어린아이가 죽지만 않는다면, 생존할 수 있고 저절로 자랄수 있지."

"어떻게 해야 밥을 먹을 수 있죠?"

이 물음에 우리가 미처 대답하기도 전에, 다윈이 옆에 있다가 불쑥 다음과 같이 말할 것이다.

"너는 다른 사람이 밥을 갖고 있는 것을 보면 당장 빼앗아라. 그러면 당연히 밥을 먹게 될 것이고, 많이 먹을수록 몸도 빨리 자라게 된다."

　과연 다윈의 답변이 옳은 것인지 곰곰이 생각해 보자. 그러면 우리는 곧 다음과 같은 결론을 얻게 된다. 즉 다윈이 생물은 진화한다고 말한 것은 옳다. 진화는 생존 때문이라는 것도 옳고 생존은 음식물 때문이라는 것도 옳다. 단 마지막 한 마디, 즉 음식물을 경쟁으로 빼앗으라는 말은 틀렸다. 그의 이 마지막 한마디를 수정하기만 하면 모두 옳다고 할 수 있다.

　그럼 어떻게 수정해야 할까? 그것은 '모든 사람들이 먹을 만한 밥이 있다'는 것이다. 냉정하게 따진다면 다윈은 그저 단순히 사람들에게 경쟁만을 가르쳤기 때문에 폐단을 낳았던 것이다.

　우리가 사람들에게 오직 양보하는 것만을 가르쳐도 역시 폐단을 낳게 된다. 어떻게 해야 비로소 폐단이 없겠는가? 이에 대해 다시 한 가지 원칙을 정할 수 있다. 그 원칙은 이렇다.

　"남에게 양보하는 것은 나 자신의 생존에 지장을 주지 않는 선까지 하고, 남과의 경쟁은 내가 생존할 수 있는 선까지 싸운다."

　다윈의 학설은 크게 두 부분으로 나누어 볼 수 있다. 그 중 그가 말한 생물의 '진화설'은 사실을 지적한 것이다. 그러나 '생존경쟁', '적자생존' 등에 대한 부분은 진화의 원인 해석에 관해 다른 학설이 구구하다. 상호 경쟁으로 진화할 수 있지만 상호 양보로 진화 할 수도 있고, 또 남과의 경쟁이나 양보가 아니라 오히려 스스로의 내면에 힘써 진화할 수도 있는 것이다. 혹은 또 다른 조건에서라도 진화하지 못하란 법은 없다. 다윈은 이 모든 원인들을 고려하지 않고 단지 경쟁만을 진화의 유일한 원인으로 보았기 때문에 폐단의 끝이 없는 것이다.

다윈이 '생물의 진화' 사실을 발명한 것은 뉴턴이 발견한 '만유인력'과 함께 학술계에 대단한 공로를 세웠다고 할 수 있다. 다만 그가 '생존경쟁', '적자생존'이라고 말한 부분은 아무래도 어폐가 있으니 마땅히 수정해야 할 것이다.

2. 크로포트킨 학설의 수정

크로포트킨의 오류 역시 다윈과 같다. 다윈은 동물 사회의 상황을 획일적으로 인류 사회에 적용시켰기 때문에, 그의 학설은 폐단을 안고 있다. 크로포트킨은 다윈의 이러한 오류를 지적해 내고자, 특히 만주 및 시베리아 일대에서 각종 동물과 원시적 인류의 상황을 관찰하고 '상호 부조설'을 발명하여 다윈의 '상호 경쟁설'을 반박했다. 그는 인류에 주의를 기울일 수 있었다는 점에서 다윈보다 비교적 월등한 셈이다.

그러나 원시적인 사회와 문명인의 사회는 결국 다르다. 크로포트킨은 문명인의 자격으로 원시인의 사회 상황을 관찰했기 때문에 그가 얻어 낸 결론은 폐단이 없지 않다. 크로포트킨의 학설 또한 두 부분으로 나누어 볼 수 있는데, 그가 '상호 부조설'을 주장한 것은 옳다. 하지만 서로 돕는다는 이유로 '무정부주의'를 주장하는 것은 잘못되었다.

동물이 인류로 진화되어 왔기 때문에, 물론 인류는 수성(獸性)

을 지니고 있다. 하지만 '인간'으로 불리는 이상 수성 이외에도 인성(人性)을 일부분 지니고 있다. 그런데 다윈은 단지 수성 부분만을 보고 아무래도 인성 부분을 등한시했다고 하지 않을 수 없다. 원시인이 문명인으로 진화해 왔기 때문에 물론 문명인은 원시인의 상태를 띠고 있다. 하지만 문명인이 된 이상 원시적 상태 이외에도 문명 상태를 일부 지니고 있다. 그런데 크로포트킨은 단지 원시적 상태만을 보고 아무래도 문명 상태 부분을 등한시했다고 하지 않을 수 없다.

짐승들에게 경쟁만이 있을 뿐 양보는 없지만, 인류에게는 양보가 있다. 다윈이 간과한 것이 바로 이 점이다.

원시 인류는 무지몽매하여 조직이 없는 무정부 상태지만 문명인은 조직을 갖춘 정부를 갖고 있다. 크로포트킨이 등한시한 점이 바로 이것이다.

모든 물체의 각 분자의 성질은 그 물체의 전체 성질과 같다. 사회는 사람들이 모여 이룬 것으로 사람의 몸은 사회의 한 분자이다. 만약 신체의 조직법을 사회에 운용한다면 분명 좋은 사회를 이룩할 것이다. 나라를 다스리는 데 있어서 '상호 경쟁주의'를 채택하는 것은 물론 폐단이 있지만, '상호 부조주의'를 채택하는 것 역시 폐단이 있다. 그러므로 반드시 협력주의를 채택해야 한다. (크로포트킨은 러시아의 무정부주의자로서, 사회는 각 개인이 자율적으로 서로 도우면 된다고 보며, 중앙정부를 비롯한 사회조직은 억압적 기구라 보고 그 역할을 부정함)

사람의 신체 조직이 곧 협력주의이다. 신체는 많은 세포들로 구성되어 있다. 각각의 세포들은 모두 지각을 갖고 있는데 마치 한 나라의 백성들과 같다. 대뇌는 중앙정부에 해당된다. 몸 전체의 신경은 모두 뇌에 직접 연결되어 있다. 이는 4억 인구가 모두 중앙에 연결되어 협력정부를 구성하는 것과 마찬가지이다.

눈은 귀와 경쟁하지 않고, 입은 코와 경쟁하지 않는다. 오히려 서로 잘 협조해 나간다. 때문에 다윈의 상호 경쟁주의는 필요 없다. 눈은 귀의 도움 없이도 볼 수 있고, 입은 코의 도움 없이도 말할 수 있으며, 손은 발의 도움 없이도 쥘 수 있다. 각각은 자유롭게 그 능력을 표현한다. 때문에 크로포트킨의 '상호 부조주의' 역시 필요 없다.

눈이 그 보는 능력을 다 발휘하고 귀가 그 듣는 능력을 다 발휘하며 입과 손발이 각자의 능력을 다 발휘하여, 만약 각종 능력을 집합시킨다면 하나의 건장한 신체를 이룬다. 이것이 바로 '협력주의'이다.

국가에는 중앙정부·지방정부가 있다. 사람의 몸도 이와 마찬가지다. 우리가 만약 모기에게 발을 물리면, 발 정부는 그 사실을 뇌 정부에 보고한다. 그러면 즉각 오른손을 파견하여 모기를 죽인다. 만일 오른손이 모기에게 물리면 오른손 스스로 어찌해 볼 도리가 없으므로 뇌 정부에 보고하게 된다. 그러면 즉각 왼손을 파견하여 모기를 죽인다.

때로는 잠에 빠져들어 뇌 정부가 그 역할을 잃는 경우가 있다. 이때 모기에게 물리면 연수와 척수정부가 그 직무를 대행하여 손 정부에게 알려서 모기를 죽인다. 그러나 뇌 정부는 그 사실을 전혀 모른다.

추위가 엄습하여 귀와 코의 체온이 내려가면 각처의 비상로에서 혈액을 운반하여 구제해 준다. 그래서 귀와 코가 빨갛게 되는 것이다. 만일 날씨가 너무 추워 많은 양의 혈액을 운반해도 여전히 한기가 계속 엄습해 온다면, 각 지방정부는 협상하여 다음과 같이 말할 것이다. "우리가 다시 혈액을 운반해도 아무런 소용이 없으니, 어쩔 수 없이 각자 수비 지역을 지키고 귀와 코로 운반해야 할 혈액은 도중에서 차단하여 다른 곳에 준다." 그리하여 귀와 코는 시퍼렇게 변하게 된다.

이처럼 사람의 몸에도 중앙정부가 있고 성·시·현 등과 같은 각종 지방정부가 있다. 두뇌가 기억하는 일은 모두 각종 지방정부에서 알려온 것으로, 각 정부에는 아직 검토해 볼 수 있는 자료를 갖고 있다.

최면술을 실행하는 사람은 중앙정부를 속인다. 하지만 성·시·현 등지의 각 정부에서 이전에 보관해 두었던 자료를 들추어보기 때문에 최면에 걸린 사람은 오늘 한 일을 말할 수 있다. 그러나 깨어났을 때에는 그 사실을 전혀 알지 못한다.

정신병자가 허튼소리를 지껄이는 것은 뇌 정부가 병에 걸려 중앙정부로서의 역할을 잃고, 성·시·현·구 따위의 지방정부가 제멋대로 날뛰며 호령하기 때문이다. 따라서 정신병자가 하는 말은 그의 평소의 일들이다. 다만 중앙정부가 통일적으로 지휘하지 못하여 말이 연결되지 않을 뿐이다.

밤에 꿈을 꾸는 것은 중앙정부가 휴식을 취하고 각처 지방정부의 사람들이 중앙무대로 뛰어올라온 것이다. 꿈에서 깨자마자 중앙정부는 원위치하고 그들은 당장 숨는다. 때로는 중앙정부는 알아차리고 꿈속의 일을 대강 한두 가지씩은 기억할 수 있다. 따라서 우리는 다음과 같이 말할 수 있다. 즉 정신 이상은 마치 꿈을 꾸는 것과 같은 무정부주의 상태를 말하는 것이다.

예로부터 나라가 망할 때 많은 사람들은 죽을 각오로 싸우겠다고 말하지만 막상 일이 닥치면 온몸을 부들부들 떨며 뒷걸음질을 친다. 왜냐하면 죽을 각오로 싸우겠다는 것은 이지(理智)에서 나온 것으로 머릿속에서 나온 중앙정부의 명령이다. 반면에 온몸을 부들부들 떨며 뒷걸음치는 것은 근육이 수축된 것으로 온 나라의 백성들이 원하지 않기 때문이다.

문천상(남송 말기의 충신, 원나라 군대가 들어왔을 때 포로가 되었으나 굴하지 않음) 같은 부류의 사람은 굳은 기개로 죽고 만다. 이는 평소에 군대와 국민 교육을 엄격히 실시하여 백성들과 중앙정부의 행동이 일치하게 나타난 것이다.

많은 사람들은 평소에 여색을 좋아하지 않는다고 말하지만 막상 눈앞에 미인이 나타나면 자신의 감정을 억제할 수 없게 된다. 왜냐하면 여색을 좋아하지 않는다는 것은 뇌 정부의 주장이고, 자기감정을 억제하지 못하는 것은 신체 각 부분의 주장이기 때문이다.

우리가 길을 걸어갈 때 마음속으로 어떤 방향으로 가겠다고 정하면 처음 한두 걸음 신경 쓰다가 그 다음부터는 더 이상 신경 쓸 필요 없이 자연스럽게 앞으로 가게 된다. 이는 곧 중앙정부가 명령을 내리면 백성들이 명령을 따라 행하는 것이다. 만약 한 걸음 한 걸음 신경 써야 한다면 이는 지방에서 사사건건 중앙정부에 폐를 끼치려고 하는 것과 같아 대단히 번거로울 것이다.

옛사람들은 시를 지을 때 무심결에 아름다운 시구를 얻고는 그 뛰어난 성과에 스스로 놀란다. 술에 취해 쓴 문장이 종종 정신이 말짱할 때 쓴 것보다 더 훌륭할 때도 있다. 이는 중앙정부가 평소에 백성들을 잘 훈련시켰기 때문이다. 일이 생기면 중앙에서 지휘할 필요 없이 백성들이 자발적으로 한 일이 종종 중앙에서 지휘하여 처리한 것보다 더 훌륭하다. 심리학 책 속의 이른바 '잠재의식'이라는 것은 뇌 정부 이외에 기타 정부를 가리켜 말하는 것이다.

위에서 살펴본 바와 같이 신체 조직과 국가 조직이 매우 흡사함을 알 수 있다. 우리 자신의 몸을 돌아보면 뇌와 오관을 비롯한 온몸 전체가 매우 협조적이라는 것을 알게 된다. 또한 하나의 학설을 발명하려면 반드시 이성과 감성이 서로 협조하도록 해야 한다는 것을 알 수 있다.

두뇌의 공상에만 의거하여 오관을 비롯한 온몸 전체를 박대할 수 없으며, 또 몸 전체를 제멋대로 내버려 두고 이지적 판단을 내릴 수 없다. 한 나라를 건설하려면 반드시 국민들이 정부에 잘 협조해야 한다. 그러나 정부의 위력에 의거하여 백성들을 억압해서는 안 되며, 또한 백성들은 정부에 대해 적대적인 행동을 취해서는 안 된다. 사람의 신체 조직의 모든 신경은 직접 뇌에 연결되어 있다. 따라서 뇌는 신경의 총집결지로서 굳이 오관을 비롯한 기타 부분과 협조하라고 말하지 않더라도 당연히 잘 협조해 나간다.

따라서 모든 사람의 힘은 반드시 중앙으로 직접 통할 수 있다. 중앙은 전국의 힘의 총집결지로서 굳이 정부와 백성들이 협조하라고 말하지 않더라도 당연히 잘 협조해 나간다. 만약 이렇게만 할 수 있다면 이것이 바로 '협력주의'다. 이러해야만 비로소 다윈과 크로포트킨 양 학설의 폐단을 막고 자연스럽게 서로 합치시킬 수 있다.

근본으로 돌아가는 궤도의 발명

우리는 이종오가 다음과 같은 원칙을 창안했다는 사실을 기억하고 있다. 즉 '심리 변화는 역학의 법칙에 따라 움직인다'는 것이다. 그는 이 원칙에 의거하여 학술의 변천 과정 역시 궤도가 있을 거라고 생각하고, 만약 이전의 학술이 어떻게 변화·발전해 왔는지 알아낸다면, 장차 학술이 어떤 경로로 발전해 갈 것인지도 예측할 수 있다고 여겼다. 그는 다음과 같이 말했다.

"천지개벽 이래 인류는 지구상에 활보하고 다니며 스스로 아주 자유롭다고 여겼다. 그러나 3백 년 전에 뉴턴이 나타나 사람은 지구 인력의 지배를 받게 되어 있다는 사실을 깨달았다. 인류의 사상 또한 자유롭다고 여길지 모르지만, 뉴턴의 학설을 확대시켜 심리학에서 응용해 본다면, 어떤 사상이 아무리 자유롭든 간에 결국 이 궤도를 좇을 수밖에 없다는 사실을 알게 될 것이다. 이 세상의 모든 변화는 그 사이에 역학의 법칙이 작용하지 않는 것이 없다. 그렇지만 일반 사람들은 그런 것에 이미 익숙해진 나머지 자세히 살펴볼 줄을 모르는데, 이는 뉴턴 이전 사람들이 지구 인력을 전혀 몰랐던 것과 마찬가지이다."

이에 따라 그는 중국 학술의 추세 및 세계 학술의 교류에 관해서도 이와 같은 견해를 견지하고 있다. 그는 중국의 종전의 학술은 두 시기로 구분할 수 있는데, 제1시기가 주·진 시대 제자백가들이고, 제2시기가 송대의 유학자들이라고 말했다. 이 두 시기의 학술은 모두 독창성을 띠고 있다.

한, 위진 남북조, 수, 당, 오대에는 주·진 시대의 학술을 계승하여 연구했다. 원대에는 한·송 시대의 학술을 계승하여 연구했고, 청대에도 역시 한·송 시대의 학술을 계승·연구했다. 하지만 독창성이 부족했다.

주·진 시대는 중국의 학술이 독립·발전하던 시기요, 송 대에는 중국 학술과 인도의 학술이 융합되던 시기이다.

일반 사람들은 모두 주·진 시대 제자(諸子)들 가운데 공자를 대표적으로 꼽는데, 사실상 공자가 아니라 노자를 대표로 삼아야 한다는 것을 전혀 모르고 있다. 또한 송대 유학자의 대표로 주자(朱子)를 꼽는데, 주자는 대표적 인물로 부적당하고 오히려 정명도(程明道)가 대표로서 합당하다는 사실을 전혀 모른다.

오늘날은 이미 제3시기에 접어들었다. 즉 세계적 교류의 추세에 따라 중국·인도·서방의 학술들이 일제히 융합하는 시기이다. 이를 통해 학술의 진화 궤도를 역력하게 찾아볼 수 있다. 이전에 중국과 인도 쌍방의 학술이 어떤 방식으로 융합되어 왔는지 알면 장차 중국·인도·서방의 학술이 어떤 방식으로 융합하게 될 것인지 충분히 가늠해 볼 수 있다. 마치 우리가 공중에 올라 강물이 바다로 흘러들어가는 모습을 조감해 보듯 학술상의 큰 추세를 파악할 수 있는 것이다.

이종오는 『노자』가 주·진 시대 학파의 대강(大綱)이라면, 제자백가들의 저서는 그 세부 항목에 해당된다고 말했다. 제자백가들은 대부분 그 대강 중의 일부를 제기하여 자기 의사를 밝히고 있다. 그들은 비록 상세하게 연구하고 있지만, 결국 노자의 범주를 벗어날 수 없다.

우주의 진리는 베일에 싸인 막연한 것이었다. 따라서 인류 최초에는 모두 미개하여 아주 거대한 불모의 산처럼 그것을 개발하는 자가 아무도 없었다. 나중에 우연히 어떤 자가 그 산에서 보물을 주워 오자, 사람들은 깜짝 놀라며 저마다 약속이나 한 듯이 산으로 몰려가 채굴하기 시작했다. 그 중 어떤 이는 은을 얻고 또 어떤 이들은 동·철·주석 등을 얻었는데, 비록 각자 다르긴 하지만 어쨌든 모두 소득이 있었다. 우임금이 우연히 보물을 얻은 자라면 주·진 시대의 제자백가들은 서로 약속이나 한 듯이 우르르 산으로 몰려가 채굴한 자들이다.

이들 가운데 노자가 얻은 소득이 가장 많다. 노자는 우주의 진리, 고금의 일 등에 정통하여 그 변화의 법칙을 찾아내고 '도'(道)라고 일컬었다. 도는 길이다. 즉 우주와 모든 만물은 반드시 이 길을 따라 걸어가야 한다. 이러한 법칙을 책으로 써서 『도덕경』이란 제목을 달았다. 지난 일에 비추어 앞으로의 사태 변화를 추측할 수 있으므로, 그는 "옛날의 도를 가지고 오늘날의 상황

속에 적용시킨다"고 말했다.

노자는 모든 세상만사, 우주 만물의 궤도를 통찰하고 깨달은 바가 있어 '도덕'을 말했다. 공자는 노자의 뒤를 이어 이 이치를 터득하고 사람들을 다스리는 데 이용하고자 '인'을 말했다. 맹자는 공자를 계승하여 '인'을 말할 때 '의'를 덧붙였다. 순자는 다시 맹자를 계승하면서 '예'를 중시했다. 한비자는 또한 순자에게 배웠으나, '예'가 사람을 제약해서는 안 된다고 보고 다시 '법술형명'(法術刑名)을 말했다.

이는 모두 시세의 흐름에 따라 부득이하게 그럴 수밖에 없었던 것인데, 세상 사람들은 '도덕'이 '법술형명'으로 전락했다고 보고 이를 노자의 탓으로 돌린다. 한비자가 박정하고 냉정한 것은 모두 노자에게서 연원하는 것이라고 비난한다. 그 사이에 '도덕'이 '인의'로 변하고. '인의'가 비로소 '법술형명'으로 변한 것임을 전혀 모르고 있다. 인의를 말하는 자는 죄가 없고 도덕을 말하는 죄가 있다니, 노자를 대신해서 억울함을 하소연하지 않을 수 없다.

도가 덕으로 되고, 덕은 인으로 변하고, 인은 다시 의로 바뀌고, 이 모든 것들이 예가 되었으며, 예는 다시 형(刑)으로, 형은 병(兵)으로 바뀌었다. 도덕이 첫째이고, 형병(상벌 제도와 병법)이 맨 나중이다. 손자는 병을 말했고 한비자는 형에 관해 말했는데, 그 근원은 모두 노자에게서 나온다. 만약 병법과 상벌 제도가 도덕과 상통한다는 사실을 안다면, 그것은 곧 제자백가들의 학문이 노자와 상통하지 않는 자가 없다는 것을 아는 것이다.

노자가 소중하게 생각하는 세 가지 사항은 첫째 자애(慈), 둘째 검소(儉), 셋째 감히 세상에 먼저 나서지 않는다(不敢天下先)는 것이다. 공자의 온화·선량·공경·검소·양보(溫良恭儉讓)의 다섯 가지 미덕 가운데 검소는 노자와 같다. 양보 또한 감히 세상에 먼저 나서지 않는다는 노자의 말과 일치한다. 온화·선량·공경 이 세 가지는 자애보다 비교적 더 구체적인 것으로, 유가가 노자와 상통한다는 사실을 충분히 알 수 있게 해 준다.

묵자의 겸애(兼愛)는 곧 노자의 자애이다. 묵자의 '비용을 절감하라'는 말에서 절감은 또한 노자의 검소이다. 노자는 병법에 대해 다음과 같이 말했다. "이쪽이 싸움을 걸지 말고 기다리고 있다가 쳐라. 한 치를 진격해 들어가기보다 한 자를 물러나 지켜라." 즉 수비를 튼튼히 하라는 말인데, 묵자가 공격하지 말고 수비나 잘하라고 한 말에서 노자와 상통함을 알 수 있다.

전국 시대에 합종설과 연횡설을 주장하던 책략가들 가운데 가장 먼저 소진을 꼽게 된다. 그가 읽었던 책은 『음부경』인데, 이 책은 도가의 책으로 역시 노자와 비슷하다고 하겠다. 노자는 말했다. "하늘의 도는 활을 당기는 것과 같다. 높은 것을 아래로 낮추고 낮은 것을 위로 들어올린다." 노자의 이 말은 '공평'에 근거하여 내세운 견해이다. 소진은 6국을 돌아다니며 늘상 "차라리 닭의 대가리가 될지언정, 소의 꼬리는 되지 말라"고 말하면서 6국 제후들의 불편한 심기를 건드렸다. 이것은 암암리에 '하늘의 도는 활을 당기는 것과 같다'는 원리를 담고 있는 것으로 자연의 섭리에 부합되는 말이다. 이에 따라 소진의 견해는 일세를 풍미

할 수 있었다.

"큰 것을 얻기 위해 미리 미끼를 던져 주도록 하라." 노자의 이 말은 후세의 계략가나 병법가들의 기본으로 통한다. 예컨대 양주, 장자, 열자, 관윤자 등이 노자의 학문을 직접 계승했다는 것은 더 말할 필요가 없다. 주·진시대의 제자백가들은 종종 서로 헐뜯고 비방하지만 노자를 비난하는 자는 없었다. 설사 제자백가들의 학문이 모두 다 노자에게서 나왔다고 말할 수는 없을지라도, 노자의 학문이 최소한 제자백가들과 모순되지 않는다는 것만은 분명한 사실이다. 서로 모순되지 않는 이상 상통할 수가 있는 것이다.

이후 마음을 가라앉히는 수양을 중시하거나 주술을 중시하는 파 등도 모두 노자에게서 비롯된 것이기 때문에, 노자는 더욱이 기타 백가들과 상통함을 알 수 있다.

춘추전국시대에 여러 나라가 치열하게 각축전을 벌였다. 동시에 학술계 또한 백가쟁명의 시대였다. 진나라 이후 천하가 통일되었는데, 이때 학술계 역시 군주의 뜻에 따라 결국 통일되었다. 즉 법가의 학술만이 떠받들어지고, 그 이외의 학설은 모두 배척당했던 것이다.

한나라 초기에는 다시 황로(黃老) 사상이 추대되었다가 무제 때에 이르러 이때부터 줄곧 공자의 학문만 신봉되었다. 그러나 노자의 학설은 여전히 세력이 막강했다. 따라서 유가와 도가는 중국에서 양대 줄기를 이루었다. 이후 불교가 중국에 유입되면서 점차 널리 성행하여 3대 줄기를 형성하였다. 그리하여 동일한 영역 내에서 서로 밀어 내고 배척하였는데, 아주 오랜 세월이 추세가 되었다. 이에 따라 시대의 요구에 부응하여 송대 유학자들의 학설이 등장했다.

송대 유학자들의 학설을 말하려면, 우선 유가·도가·불가의 공통점과 차이점을 각각 살펴보아야 한다. 이 점에 대해서는 이미 이전 사람들이 누차 거론했는데, 가장 중요한 점은 이 세 교가 모두 '근본으로 돌아가는 것'(返本)을 의무로 삼고 있다는 것이다.

맹자는 말했다. "천하의 근본은 나라에 있고, 나라의 근본은 가정에 있으며, 가정의 근본은 자기 자신에게 있다." 자기 자신에 돌아가기까지 중도에서 그만둘 수는 없다. 이에 따라 그는 또한 이렇게 말했다. "어린아이 가운데 그 친부모를 사랑할 줄 모르는 자는 없으며, 자라서는 그 형을 공경할 줄 모르는 자는 없다." 다시 말해서 유가에서 말하는 '근본으로 돌아가라'는 것은 '어린아이' 까지 거슬러 올라가야 비로소 멈추게 된다.

『노자』에서도 여러 번 '갓난아기'를 언급하고 있는데, 이때의 갓난아기는 이제 막 태어난 젖먹이를 일컫는다. 반면에 맹자가 말하는 '어린아이'는 사랑할 줄 알고 공경할 줄도 아는 지식을 지닌 아이이다. 노자의 '근본으로 돌아가라'는 것은 더 나아가 이제 막 세상에 태어난 사욕이 없는 갓난아기의 모습으로까지 되돌아가야 비로소 멈출 수 있다. 그러나 노자가 말하는 갓난아기는 비록 무지하고 사욕이 없지만 아직 마음은 남아 있다. 따라서 그는 이렇게 말했다. "성인에게는 영구불변한 마음이란 없고, 다만 백성의 마음으로 자기 마음을 삼을 뿐이다."

석가모니는 바로 이렇게 마음을 텅 비우고 열반에 들어, 나도 남도 없는 무아의 경지에까지 도달하였음을 보여주었다. 선종에 서는 '부모에게서 태어나기 이전의 모습'을 본받자고 주장하며, 뜻밖에도 모태로까지 나아가 노자의 갓난아기를 더욱 앞질렀다. 유가·불가·도가의 세 교를 모두 일직선상에 배열하여 도표로 나 타내 보면 다음과 같다.

		전(前)	유가		
천하(天下)	경(庚)		↓		
국가(國)	기(己)				
가정(家)	무(戊)			도가	불가
성인(身)	정(丁)				
어린아이	병(丙)			↓	↓
갓난아기	을(乙)				
태어나기 전	갑(甲)				
		후(後)			

유가는 '경'에서 '정'을 거쳐 다시 '정'에서 '병'으로 돌아간다. 도가는 '정'에서 '을'로 돌아간다. 불가는 '정'에서 '갑'으로까지 돌아간다. 이종오는 이를 '근본으로 돌아가는 궤도'라고 일컫고 있다. 여기에서 이 세 교의 차이점과 공통점을 볼 수 있다. 그들 은 각자 자신의 궤도를 따라 돌아가되 유가는 '병' 점까지 돌아가 고, 도가는 '을' 점까지 돌아가며, 불가는 '갑' 점까지 돌아가야 멈춘다는 것이다. 이 세 교는 서로 이치가 상통한다는 것을 알 수 있다.

위의 도표에서 제시한 바에 따르면, 마치 석가모니의 경지는 노자가 도달할 수 없는 것 같고, 노자의 경지는 공자가 도달할 수 없는 것처럼 보인다. 그러나 그렇지 않다.

석가모니는 오묘하고 영원한 경계를 말했는데, 노자 또한 이렇게 말했다. "천명으로 돌아가는 것이 영원이다. 현묘하고 현묘하도다. 모든 오묘함은 이 문으로부터 나온다."

석가모니의 오묘하고 영원한 경계를, 그래 노자가 도달할 수 없었던 적이 있었던가?

석가모니는 아집을 버리고 법집(法執 : 교법에 얽매여 그것에 집착함)을 버리라고 주장했는데, 공자 역시 "사사로운 뜻이 없고 기필코 우기는 마음이 없고 집착하는 마음이 없고 이기심이 없다"고 말했다. 석가모니의 이른바 아집과 법집을, 그래 공자가 버릴 수 없었던 적이 있었던가?

그러나 세 교는 비록 동일선상에 있지만 각자 개별적으로 독립했기 때문에 그들이 내세운 가르침의 요지는 각각 다르다. 석가모니는 속세를 떠나고자 했는데, 반드시 부모로부터 태어나기 전의 모습을 되찾고 모든 마음을 텅 비워야만 비로소 출가할 수 있었다. 이에 기왕 출가하려는 이상 세속의 예의, 음악, 형벌. 정치 등등에 대해서는 그다지 자세히 연구하지 않았다.

한편 유가는 이 세상을 다스리는 데 뜻을 두었기 때문에 인간사에 온 힘을 다 기울였다. 모든 인간사의 발생은 인간의 생각을 기점으로 하는데 생각이 가장 순수한 사람으로는 어린아이만 한 자가 없다. 이에 따라 어린아이로부터 연구를 시작하여 자신의 몸과 마음을 올바로 닦아 집안을 잘 다스리고 나라를 다스리며 더 나아가 천하를 평정할 수 있도록 힘껏 노력하였다. 그들의 목적이 기왕에 이 세상을 다스리고자 한 이상 열반의 학문적 원리에 대해 깊이 따지고 싶어하질 않았다.

또한 노자의 뜻은 대자연의 근원을 캐내는 데에 있었다. 그리하여 지혜나 식견 따위를 모두 떨쳐 버리고 무지하고 사욕도 없는 고요함 가운데 살며시 느낌으로 와 닿는 오묘한 이치를 깨닫고 갓난아기의 모습으로 돌아가고자 했던 것이다. 뒤로 가면 속세를 떠나는 것이요, 앞으로 가면 세상에 뛰어드는 것이었다. "말이 많으면 자주 궁해진다. 그 가운데 가만히 지키고 있느니만 못하다" 이 말은 노자가 한 말이다. 여기서 가운데란 '을' 점을 가리키는 것으로, 즉 세속을 떠나는 것과 뛰어드는 것 사이에 끼인 셈이다.

그렇다면 석가모니의 3장 12부, 공자의 『시경』『서경』『역경』『춘추』『예기』『악』은 지나치게 말을 많이 한 것이라고 볼 수 있다. 노자는 말을 많이 하는 것을 원하지 않았기 때문에 다만 간단하게 5천여 자로 '을' 점에 입각하여 이론을 내세웠는데, 매우 풍부한 함축적 의미를 담고 있다.

그의 의도는 세속을 떠나는 것(出世間)과 뛰어드는 것(入世間)을 하나로 관통하여 원리를 찾아냄으로써, 사람들이 스스로 연구해 나가도록 하는 것을 중시할 뿐 많은 말을 필요로 하지 않았다. 따라서 속세를 벗어나는 데 대해서 석가모니만큼 상세하게 말하지 않았고, 세속에 뛰어드는 것에 대해서 공자만큼 자세히 언급하고 있지 않다. 요컨대 석가모니는 속세를 떠나는 법을 주로 말하고 공자는 세상과 더불어 사는 법을 주로 말하였는데, 노자는 이 양자를 하나로 통일시켰다. 이것이 바로 유가·불가·도가 이 세 교의 차이점이다.

옛것을 싫어하고 새것을 좋아하는 것이 인지상정이다. 위진 시대에 노장 철학을 숭상하는 선비들이 세속을 떠나 '청담'(淸談)을 입에 담아 온 지도 이미 오랜 세월이 흘러 사람들은 모두 이에 싫증을 느끼기 시작했다.

그러던 차에 불교가 중국에 유입되어 점차 널리 전파됨에 따라 학술계의 새로운 지평을 열어젖혔다. 그러자 조정과 재야, 상하를 막론하고 모든 사람들이 환영했다. 당나라 대에 이르러 불경이 온 세상에 널리 퍼지고 사원이 곳곳에 세워졌다. 천대종·화엄종·정토종 등 각 종파가 널리 성행하고, 선종은 남쪽의 혜능과 북쪽의 신수로 나뉘었으며, 새로 유식종이 생기는 등 실로 불교의 전성기라 할만 했다.

또한 이때에는 당나라 조정이 노자의 후계자로 자처하며, 노자에게 '현원(玄元)황제'라는 존호를 붙여 떠받들었기 때문에 도교 역시 성행했다. 유교는 대대로 숭배되어 왔기 때문에 물론 성행하고 있었다. 즉 이 세 교가 밀고 당기는 융합 시기로 접어들었던 것이다.

그 당시 유학자들은 대부분 불교나 노자의 학문도 연구하여 이 세 교를 융합시키는 일에 착수했지만, 제대로 그 일을 완수하지는 못했다.

송대 유학자들에 와서 정명도에 이르러 비로소 이 작업을 완성했다. 정명도 이전에도 비록 손명복, 호안정, 석수도, 주렴계 등과 같은 개척자들이 있었지만 아직 맹아기에 불과했다. 정명도에 이르러서야 비로소 노자 사상을 중심으로 세 교의 정수만을 뽑아 체계를 잡아 나갔는데, 나는 이를 성리학이라 부르겠다. 이후의 정이천·주자학파, 육구연·왕양명학파는 모두 정명도에서 갈라져 나온 것이다.

정명도는 송대 성리학의 시조로서 그의 학문은 노자와 유사하다. 그렇기 때문에 송대 유학자들은 모두 노자의 뜻을 담고 있다. 아울러 그들은 '석가모니의 가르침으로 마음을 다스리고, 공자의 가르침으로 세상을 다스린다'고 말한다. 자연적인 추세에 따라 마음을 다스리는 것과 세상을 다스리는 것이 합쳐져 노자의 길로 접어들게 된 것이다. 이로 보아 노자의 학문이 송대·명대의 성리학을 관통한다는 사실을 알 수 있다.

송대 유학자들이 아무리 자신들은 공자 문학의 직계로써 불교나 도교와 무관하다고 주장하더라도, 실제로 그들의 학설은 이 세교의 융합점을 일부 갖고 있는 것이 확실한데 어떻게 감출 수 있겠는가? 사실 이 세 교를 융합시킬 수 있었다는 것은 학술상의 대성공이다! 그들은 이처럼 공훈을 세워 스스로 자부심을 가져도 될 텐데 오히려 그것을 내던지고 공자 문하의 직계로 자처하니, 이는 파벌에 얽매인 대단히 잘못된 생각이다.

그러나 우리는 이를 통해 진화의 추세를 파악했다. 즉 유교·불교·도교는 송대에 들어서서 자연스럽게 융합되었고, 송대 유학자들은 이런 추세를 따를 수밖에 없었다. 송대 유학자들은 마치 강에서 배를 타고 상류로 거슬러 올라가려고 있는 힘을 다해 노를 저어도, 자신들도 모르는 사이에 망망대해로 떠내려가게 될지 전혀 몰랐던 것과 마찬가지다.

만약 정자나 주자와 같은 이들이 세 교를 융합시키는 일을 하려고 결심했다면, 이것은 이미 자연적인 추세를 간파한 것이다. 그러나 그들은 세 교의 융합을 적극 반대했는데, 사실상 오히려 이를 융합시키는 일을 완성했다. 이로써 비로소 자연적 대세를 따라야 한다는 사실을 깨닫게 된 것이다.

송대 유학자들의 학설에는 일종의 혁명 정신이 담겨있다. 그들은 한나라 때 유학자들의 견해를 완전히 뒤엎고 또 하나의 학설을 창안했다. 다시 말해서 건설과 파괴의 수단을 동시에 겸비했다. 그러나 그들은 감히 자신들이 새로운 학설을 발명했다고 주장하지 않고 여전히 공자를 빙자하고 있다. 짐짓 복고적인 척하면서 실제로는 혁신적이다. 마틴 루터의 신교, 유럽의 문예 부흥은 모두 이와 같은 경로를 거쳤다. 송대 유학자들의 학설은 독창성을 띠고 있기 때문에, 물론 추종자도 많지만 반대자도 적지 않다. 대게 새로운 학설이 나오면 이러한 현상이 있게 마련이다.

그러나 송대 유학자들은 큰 단점을 안고 있다. 그것은 바로 파벌에 얽매인 편견이 아주 심해서 곧잘 분쟁을 일으켰다는 것이다. 그 편견은 간단하게 다음과 같은 두 가지 점으로 나누어 볼 수 있다.

1) 공자 학파 가운데. 정자와 주자가 말한 것이 틀렸다고 보는 견해.

2) 공자를 신봉하는 자들이지만 정자와 주자가 말한 것만 옳고, 다른 사람이 말한 것은 무조건 틀렸다고 보는 견해.

이 두 가지 점은 한유(韓愈) 이래 근거가 빈약한 '도통(道統)설'로 부터 나왔는데, 정자와 주자 같은 이들은 그들의 제자들이 이런 악습에 물들까봐 두려워했지만, 결과적으로 송·원·명·청대에서 지금에 이르기까지 분쟁이 그치질 않고 있다.

이 병폐는 바로 '도량'이 부족하다는 데 있다. 송대 유학자들은 재덕을 겸비하였으나, 다만 도량이 부족했다. 그들은 정치계에서도 그 모양이었고, 학술계에서도 마찬가지였다. 군자가 군자를 배척하여 낙당과 촉당의 분쟁이 발생했다. 공자 신도가 공자 신도를 배척하여 주자와 육구연의 논쟁이 있었다. 만약 파벌에 얽매인 편견 없이 좀 더 도량을 넓혔다면, 학술상의 분산 이합 현상을 폭넓게 조감해 보는 것이 일반적인 경향이었을 것이다.

공자는 옛것을 그대로 따를 뿐 새로운 것을 창조하지 않는 위인이었다. 그는 여러 사람들의 설을 융합하여 독자적으로 한 파를 형성한 것이다. 노자 역시 자신의 저서에 옛 학설들을 인용하고 있는 것으로 보아, 그 또한 옛것을 따르기만 할 뿐 새로운 것을 만들어 내지 않는 위인임을 알 수 있다. 그의 학설도 다만 여러 사람들의 학설을 종합하여 따로 한 파를 형성한 것이다. 인도에는 96종의 다른 교가 있었는데, 석가모니는 그것들을 일일이 상세하게 연구해 본 후에 자신의 학설을 수립했다. 그 역시 여러 사람들의 학설을 종합하여 독자적으로 한 파를 형성한 것에 다름 아니다. 이런 현상은 학술상의 분리에서 융합으로 나아간 현상이다.

그러나 일단 독자적으로 한 학설이 수립된 후에는 그 본파로부터 뒤따라 파가 갈라져 나오게 된다. 한비자는 "유가는 여덟 파로 나뉘고, 묵가는 세 파로 나뉜다"고 했다. 이는 바로 이 궤도를 따른 것이다. 한대 유학자들은 옛 경서들을 연구하여 한학을 성립하였고, 곧이어 다시 많은 파로 나뉘었다. 노자의 학문 또한 여러 파로 나뉜다.

불교는 인도에서 많은 파로 나뉘었고. 중국에 유입되면서 다시 몇몇 파로 나뉘었다. 그 중 송대 성리학에서 말하는 불교는 선종을 가리키는 것으로, 달마에서 다섯 조사를 내려오다 남북 양파로 갈리게 된다. 즉 북쪽의 신수와 남쪽의 혜능이 그것이다. 혜능은 육대 시조로서 그의 문하는 다시 다섯 파로 나뉜다. 정명도가 성리학파를 창조하였고, 곧이어 정이천과 주자, 육구연과 왕양명 양파로 나뉜다. 정이천 문하생들은 다시 여러 파로 갈라지고, 주자 문하생들도 몇몇 파로 나뉜다. 육구연·왕양명의 문하생들 역시 많은 파로 갈리게 된다. 이런 현상은 학술상의 융합에서 분리로 나아가는 현상이다.

우주의 진리란 일종의 베일에 싸인 막연한 것이다. 인류의 지식이 빈약하기 때문에 그 전모를 파악하기란 불가능하다. 따라서 반드시 이런 식으로 일단 나뉜 것도 합쳐 보고, 합친 것은 다

시 나눠 보는 연구 과정을 거쳐야 비로소 우주의 진리를 탐구할
수 있다.

그 방식은 예컨대 의견들이 서로 분분할 때 사리에 정통한 어
떤 이가 그것을 하나로 집대성한다면, 이것이 바로 나뉜 것을 합
치는 작업이다. 이렇게 하나로 통합된 후에 여러 사람들이 각자
따로 연구하는 것은, 합친 것을 다시 나눠 보는 작업이다. 지나치
게 주관적 견해를 내세우지 않고 진리를 탐구하는 데로 귀결되
기만 한다면, 분리에서 통합으로 가든 통합에서 분리로 가든 간
에 학술상에서 보면 모두 공로가 있다. 다만 파벌에 얽매여 도의
계통 따위나 주장하는 학설은 절대 용납할 수 없다.

우리가 현재 살고 있는 시대는 서양의 학설이 중국에 유입되어
기존의 학설과 충돌하는 이른바 여러 가지 의론이 분분한 시대
이다. 우리는 응당 중국과 서구의 학설에 모두 정통하여 서로 분
리된 것을 융합시키도록 노력해야 한다. 반드시 이렇게 해야만
비로소 학술상의 추세에 부합될 수 있다. 곧이어 사리에 통달하
고 난 후에 각자 연구하여 다시 통합된 것을 조목조목 나눠 보는
작업을 시작해야 할 것이다.

그러나 중국과 서구의 문화를 융합시키는 일은 주객의 구분이
있어야 하는데, 단순히 두 문화를 한데 뒤섞는다면 사람들의 의
견이 엇갈리고 근래 몇 년간 누구의 말을 믿어야 좋을지 모르게
된다. 따라서 응당 수천 년 뿌리박은 우리 중국의 민족 문화를 중
심으로 삼아야 한다. 그리하여 혹은 남의 장점을 취하여 우리의
단점을 보충하고, 혹은 남의 정수를 받아들여 우리의 생명을 풍

부하게 해야 한다.

옛날 고사가 하나 있는데, 노나라에 홀아비가 사는 집 바로 옆집에 과부가 홀로 살았다. 어느 날 밤 비가 몹시 쏟아져서 과부의 집이 무너지자, 그녀가 홀아비를 찾아와 신세를 좀 지자고 청했으나, 그 남자는 문을 닫고 끝내 허락하지 않았다. 그러자 그녀는 그 남자에게 말했다. "당신은 어찌 유하혜를 배우지 않는 겁니까?" 남자는 그녀에게 이렇게 말했다. "유하혜는 허락하겠지만, 나는 못 하겠소. 그러나 내가 지금 거절한 것은 유하혜의 허락으로부터 배운 것이오." 이 일을 공자가 전해 듣고 매우 감탄하면서 말했다. "유하혜를 배우기 좋아하는 자 중에 이 남자만한 이가 없다."

유하혜는 노나라의 대부 벼슬을 지낸 인물로 악을 배척하거나 피하지 않았고, 사회의 평판도 개의치 않고 자기 소신껏 일을 처리하는 자였다. 그렇기 때문에 그는 다음과 같이 자신 있게 말할 수 있었다. "너는 너고 나는 나다. 네가 내 곁에서 옷을 벗고 있은들 네가 어찌 너를 더럽힐 수 있겠는가." 이로 미루어 볼 때 위의 고사에 나오는 홀아비는 과부의 요청을 거절하여 언뜻 유하혜의 행동과 상반되는 것 같지만 그 또한 자기 소신대로 결단을 내린 것이라는 측면에서 오히려 유하혜의 진정한 뜻을 배운 자라고 공자가 칭찬했던 것이다.

구방고는 예컨대 말(馬)의 좋고 나쁨을 가려 낼 때 암컷인지 수컷 인지 검은 말인지 붉은 말인지 하는 따위의 겉모양을 문제 삼지 않았다. 우리 성현들은 고인을 본받을 때 겉으로 드러난 표면적인 모습은 버리고 그 정신을 취했다. 이것이 바로 우리 학술계의 최대 특색이다. 화가 또는 서가들 가운데 이렇지 않은 자가 한 명도 없다. 우리가 이런 정신에 입각하여 서양 문화를 활용한다면 훨씬 이로울 것이다.

이전에 인도의 불교가 중국에 유입되면서 가능한 한 수정되거나 더욱 발전하여 천태종·화엄종·정토종 같은 종파들은 거의 중국 문화화 되었다. 그리하여 일반 사람들의 환영을 받았는데, 그중에서도 가장 성행한 것은 선종으로서 이 종파는 인도적 자취가 거의 없는 것이나 다름없다. 오직 유식종만이 그래도 인도의 색채를 농후하게 띠고 있지만, 그나마 당대 이후로 거의 사라져 갔다. 이로부터 인도의 학설은 중국에 유입되어 중국화 될수록 성행하고, 인도의 색채가 진할수록 성행하지 않거나 자취를 감추게 된다는 사실을 알 수 있다.

우리는 앞으로 서양 문화를 받아들일 때 인도의 문화를 받아들였던 방법으로 일일이 중국화 하여 흡사 한약재를 태워 뜸을 뜨듯이 독이 있는 부분은 제거하고, 유익한 부분만 남겨 두면 된다. 제1단계는 노자의 방법을 이용하여 자연적인 추세에 부합되면 받아들이고 부합되지 않으면 받아들이지 않는다. 제2단계는 공자의 방법을 이용하여 무엇이든지 우선 양심의 심판을 거쳐 자기 마음에 돌이켜보아 만족하면 보급시킨다. 만약 이렇게 채택할 수 있다면 중·서 문화는 당연히 융합될 수 있다. 이 원칙에 근거하여 우리가 앞으로 걸어가야 할 경로가 결정될 것이다.

서양인들은 각종 관찰 방법을 동원하여 우주 자연의 이치를 살펴보고 물리와 화학 등의 과목을 만들었다. 한편 중국의 고대인들은 각종 관찰 방법으로 우주 자연의 이치를 살펴보고 각종 제도를 제정했다. 똑같이 자연의 이치를 관찰했지만 한쪽은 그것을 객관적 사물에 적용하고, 다른 한쪽은 인간과 관계된 곳에 적용했다. 따라서 두 문화는 서로 교류해야 할 필요성이 있다.

중국의 고대인들이 제정한 제도는 한편으로는 조리가 없기도 하지만, 다른 한편으로는 조리가 서 있기도 하다. 예를 들면 부모 자식 간의 자애와 효도, 형제간의 우애, 백성에 대한 윗사람의 사랑과 윗사람에 대한 아랫사람의 공경 등은 일종의 전자기 감응의 이치이자 권리와 의무이다. 권리와 의무 속에서 인간과 인간의 관계는 삶의 흥취가 넘쳐흐르게 된다. 반면에 서양인들의 인간관계는 많은 한계선을 긋고 있다. 부자지간, 부부 사이의 권리와 의무는 회계학 방식으로 계산된다. 권리와 의무는 분명하지만, 생활의 흥미는 더욱 감퇴되고 만다. 따라서 서양의 윤리에 마땅히 전자기를 주입시켜야 비로소 그 냉혹한 분위기를 바꿀 수 있는 것이다. 그렇지만 이것은 아무래도 좀 너무 포괄적인 것 같고 반드시 서양의 조직 체계를 참고해야 한다. 과연 이러할 때 곧 중·서 문화가 올바로 융합되는 것이다.

학문을 탐구하는 것은 흡사 광산을 채굴하는 것과 같다. 예컨대 중국인·인도인·서양인들은 각자 하나씩 갱도를 파서 광물을 채굴하였다. 인도의 갱도와 중국의 갱도는 이미 소통되었고, 현재는 서양의 갱도와 접촉하고 있다. 우주의 진리는 일종의 베일에 싸인 막연한 것으로 중국인 서양인 인도인들은 각자 나뉘어져 그것을 연구했다. 어떤 이는 인간사부터 연구하기 시작하고, 또 어떤 이는 물리부터 연구해 나가 몇 개의 파로 갈라졌다. 그 각각의 파들은 다시 나뉘었다가 합쳐지고 합쳤다가 다시 나뉘곤 했다. 현재의 추세로 보자면 중국·서양·인도의 학설에 대해 모두 정통해야 하고 인간학과 물리학에도 통달해야 한다. 우리는 이 세상에 태어나서 응당 조류에 순응하여 이러한 융합 작업을 해나가야 한다. 융합시킨 후에는 각자 따로 분석해서 연구해도 무방하다.

이와 같이 나누었다가 합쳤다가 다시 나눠보는 것을 여러 차례 거친 후에야 비로소 이 막연하기만 한 것을 유감없이 연구할 수 있다. 물론 그래도 여전히 막연하게 느껴지는 것은 마찬가지라도 말이다.

충돌은 융합의 조짐으로 이른바 충돌 없이는 곧 융합도 없다. 가령 몇 개의 진흙 알갱이를 쟁반 위에 놓고 서로 접촉시키지 않으면 충돌하는 일이 없다. 이에 따라 이 진흙 알갱이들은 영원히 따로 떨어져 하나로 합쳐질 수 없게 된다. 그러나 만약 그것들을 한 곳에 모아 놓고 빚으면 이 진흙 알갱이들은 곧 하나로 뭉치게 된다.

오늘날은 국제 경쟁이 치열하여 전국 시대와 유사하다. 서양의 학설이 중국에 유입되면서 기존의 학설과 충돌을 일으키고 있는데, 이 또한 남북조 시대나 수·당시대 때 불교가 중국에 유입되던 상황과 비슷하다.

일반 사람들은 이러한 충돌 사태를 보고 매우 비관적으로 여긴다. 이것이 바로 몇 개의 진흙 알갱이들을 빚는 시기라는 것을 전혀 모른다. 즉 세계 화합의 동기이자 동서 학문의 융합의 동기가 됨을 모르는 것 같다. 다만 다른 점은 진시황이 전국 시대를 통일한 후에는 군주(君主)가 그 위에 군림했다는 것이다. 장차 세계 대화합 시기에 이르면 군주를 민주(民主)로 바꾸면 된다.

송대 유학자들의 성리학은 비록 여러 학설들을 융합하였지만, 그 학설의 보급은 군주의 힘에 의지하였다. 그리하여 백성들에게 강제로 믿고 따르게 강요하였던 것이다. 그러나 장차 중국·서양·인도의 학설이 융합된다고 말하는 것은 학자들의 자유로운 연구 결과로서, 사람들에게 그것을 억지로 믿도록 강요하지는 않을 것이다. 국제상에 있어서나 학술상에 있어서 이런 현상은 하나의 자연적인 추세로, 인력으로 막을 수 있는 일이 아니다. 이는 물줄기가 동해로 흘러드는 것을 막으려고 해 보았자 별 소득이 없는 것과 마찬가지이다. 만약 이런 추세를 똑똑히 간파한다면 그 조류를 거스르지 않게 될 것이다.

그러나 중·서 문화의 충돌의 화근은 바로 서양 측에 있다. 서양인은 사회나 국가에 대해서도 우선 '나' 특히, '몸'을 기점으로 삼는다. 반면에 중국 유가에서는 나라를 다스리고 천하를 평정하는 일은 우선 자신의 마음을 바로잡고 자기의 뜻을 진실되게 하는 것으로부터 비롯된다고 말하고 있다. 즉 '마음'을 기점으로 삼고 있다.

쌍방 모두 그 기점을 잘 닦아 나가는 것에 주의를 기울인다. 때문에 서양인들은 할 일 없는 한가한 사람을 보면 운동을 시켜서 신체를 발달시키도록 한다. 반면에 중국인들은 할 일 없이 무료한 사람을 보면 책을 읽혀 이치를 깨닫고 마음을 잘 다스리도록 한다. 즉 서양인은 신체를 키우고 중국인은 마음을 키운다. 서양에서는 사람들을 가르칠 때 "몸에 이로움이 있다"는 말에 중점을 둔다. 중국은 사람들을 가르칠 때 "마음에 부끄러움이 없다"는 말에 중점을 둔다.

스미스가 제창한 '자유 경쟁'이나 다윈이 제창한 '적자생존'을 서양인들은 모두 믿고 따른다. 왜냐하면 이 학설들은 모두 몸에 이로움이 있기 때문이다. 그러나 중국의 성현들 가운데에는 이와 같은 학설을 주장한 이가 없다. 왜냐하면 이런 학설은 남을 해치고 자신의 이익을 도모하는 것으로서 마음에 물어 보아 부끄러움이 있기 때문이다. 우리는 사서오경이나 제자백가 등의 여러 서적들을 뒤져 보아도 스미스나 다윈 같은 학설을 찾아보기는 힘들다. 다만 『장자』의 책에 나오는 도척이 내세운 주장이 비슷하다고 볼 수 있겠는데, 중국 사람들은 이런 주장을 아주 싫어했다.

공자는 말했다. "자기 자신을 수양(修身)하려고 하는 사람은 먼저 자신의 마음을 바로잡고(正心), 자기 마음을 바로잡으려는 사람은 먼저 자신의 뜻을 진실되게(誠意) 해야 한다." '신'(身)자로부터 내부로 두 겹을 뚫고 들어가면 '의'(意) 자를 찾을 수 있는데, 그 자신의 뜻을 진실되게 하는 것을 기점으로 하여 외부로 발전해 나가야 한다는 것이다.

이는 바로 건물을 짓는 것과 비교된다. 먼저 지면의 부드러운

흙을 파내고 돌 기반을 찾아내야 비로소 건물을 짓기 시작한다. 이와 마찬가지로 먼저 자기 자신을 수양해야 비로소 집안을 다스리고 나라를 잘 다스리며 더 나아가 천하를 평정할 수가 있다. 이렇게 하여 조성된 사회는 '천하를 가정으로 삼고, 중국을 한 개인으로 삼는다.' 그리하여 나와 타인 사이에 아무런 충돌이 없게 되는데, 이것이 바로 중국 학설의 핵심이다.

한편 서양인들의 자유 경쟁은 세계대전을 야기해 사망자가 수천만 명에 이른다. 제1차 세계대전이 끝난 이후에도 문제를 해결하지 못하고 곧이어 제2차 세계대전이 발발하려 하고 있다. 경제상으로는 이미 자본주의가 형성되어 사회혁명의 화근을 안고 있다. 장차 총결산하게 될 때 얼마나 많은 피를 흘릴지 모르겠다.

이제 다시 앞에서 언급한 바 있는 '근본으로 돌아가는 궤도'를 염두에 두면 쉽사리 중·서 문화의 우열을 볼 수 있을 것이다. 우리 중국은 어린아이 때부터 부모를 사랑하고 형을 공경하는 마음을 가정에서 잘 닦은 다음, 그것을 확충하여 '부모를 사랑하고 나서야 백성들을 사랑할 줄 알고, 백성들을 사랑하고 나서야 만물을 사랑할 줄 아는' 경지에까지 도달하여 화목한 세계를 만들자고 주장한다. 따라서 중국의 가정은 사랑을 키우는 보금자리라고 말할 수 있다.

한편 서양인들은 '나'에서 '국가'로 나아가는 데 중간에 '가정'이 빠져있다. 즉 '사랑을 키우는 보금자리'가 없다는 것이다. 앞의 도표를 참고해서 보면, 그들은 '정'에서 '병'으로 가는 단계가 없기 때문에 '자신의 뜻을 진실되게 하려는 노력', 즉 ' 양심의 심판' 과정이 결여되어 있다. 따라서 서양의 학설이 발휘되면 잔혹한 세계로 변하고 만다.

현대물질 문명을 논하면 중국은 사실상 절대 서양에 미치지 못하지만, 사회 윤리적 측면에서 거론하자면 이상에서 알 수 있는 바와 같이 중국이 서양보다 훨씬 낫다. 이점에 있어서는 응당 서양이 중국을 본받아야지, 중국이 서양을 본받아서는 안 된다.

마지막으로, 중국 문화의 중심에 서서 중국 학설을 주장한다면 서양과 인도 학설의 폐단을 고칠 수 있다. 이종오가 중국 학설의 대표로 노자를 꼽고 있음을 이미 앞에서 말한 바 있다. 그는 서양에서 말하는 것은 극단적인 입세간법이고, 인도에서 말하는 것은 극단적인 출세간법이라고 여겼다. 노자야말로 출세간법과 입세간법 이 양자를 하나로 관통하고 있다고 생각했다. 송·명대 유학자들은 대부분 노자를 연구했는데, 거의 2~3천 년 동안의 연구 과정을 거쳐 탄탄대로를 닦아 놓았다. 만약 이 학설을 제대로 발휘하여 한층 빛나게 한다면 중국·서구·인도 세 문화를 하나로 융합시킬 수 있을 것이다.

'근본으로 돌아가는 궤도'에 대해 말하자면, 서양인은 '정'(丁) 점에서 앞으로 나아가 '기'나 '경'에서 멈춰 절대 뒤돌아보지 않는다. 인도인은 마찬가지로 '정'에서 출발하지만 뒤로 거슬러가 '갑'에서 멈춘다. 이 역시 절대 뒤돌아보지 않는다. 노자는 '정'에서 출발하여 뒤로 '을'까지 갔다가 다시 앞으로 '경'까지 와서 멈추는데 양쪽을 두리번거린다.

"자기 뿌리와 천명으로 돌아간다." 노자가 한 이 말은 인도의 학설과 서로 상통한다.

또한 노자는 이렇게 말했다. "나라를 다스릴 때는 정도로써 하고, 군대를 부릴 때는 기묘한 책략을 쓴다." 이는 서양의 학설과 일면 상통한다.

비록 그가 출세간법을 말하고 있지만 인도의 학설만큼 상세하지는 못하고, 입세간법을 말하고 있지만 서양의 학설만큼 세밀하지 못하다. 그러나 그의 학설은 서양의 학설과 인도의 학설을 하나로 관통시킬 수 있을 것 같다.

서양의 학문은 분석에 중점을 둔다. 반면에 중국의 학문은 전체적으로 꿰뚫어보는 것에 중점을 둔다. 서양인은 무슨 일이든 각 파로 나누어 연구하는데, 중국의 선조들은 입만 열었다면 천지 만물을 들먹이며 포괄적으로 그 전체적인 것에 대해 언급한다. '근본으로 돌아가는 궤도'에 대해 말하자면, 서양에서 개인주의를 말하는 자들은 단지 '정' 점만을 볼 뿐 다른 점을 보지 못한다. 또 국가주의를 말하는 자들은 단지 '기' 점만을 볼 뿐이며, 사회주의를 말하는 자는 '경' 점만을 볼 뿐이다. 따라서 각자의 뜻이 다르기 때문에 서로 충돌하게 된다.

한편 공자의 학설은 "자기 자신을 올바로 수양해야만 비로소 집안을 잘 다스리고 나라를 잘 다스리며 더 나아가 천하를 평정할 수 있다"는 하나의 이치로 관통할 수 있다. 노자는 다음과 같이 말했다. "그 도를 자기 한 몸에 닦는다면 그 덕은 참될 것이며, 한 집 안에서 닦는다면 그 덕은 남을 정도가 될 것이다. 한 마을에서 닦는다면 그 덕은 오래도록 길이 남을 것이고, 한 나라에서 닦는다면 그 덕은 풍요로울 것이며. 온 천하가 닦는다면 그 덕은 널리 퍼질 것이다." 즉 공자와 노자는 이 근본 궤도를 잘 알고 있었다. 때문에 '천하를 한 가정으로 삼고 중국을 한 개인으로 삼는다'는 견해를 제기한 것이다. 그리하여 이른바 개인·국가·사회는 결코 충돌하지 않는다.

중국인들은 전체적으로 꿰뚫어보지만, 지나치게 포괄적이라서 다소 체계적이지 못하고 조잡한 점이 불만스럽다. 반면에 서양인은 세밀하게 연구하지만 전체적으로 꿰뚫어보질 못한다. 따라서 서양인이 연구한 것들을 중국인들의 관점으로 꿰뚫어본다면 각종 무슨 무슨 주의는 서로 충돌하지 않게 되고, 중·서 문화는 자연스럽게 융합될 수 있을 것이다.

사실 서양인이 말한 경쟁이니 초인(超人)이니 하는 것들은 말세의 폐단일 뿐이다. 희랍의 3대 철학자들로 말하자면, 그들이 언제 공자나 노자와 같은 부류의 사람이 아닌 적이 있었던가? 중국에서는 유교·불교·도교가 병행된다고 알려졌는데, 오늘 날 스님이나 도사 생원들이 언제 석가모니·노자·공자와 조금 이라도 비슷한 적이 있었던가? 그 말세의 풍조 또한 서양과 마찬가지다.

세계는 좌충우돌하고 있다. 이는 사상의 충돌 때문인데, 사상의 충돌은 곧 학술의 충돌에서 비롯된다. 소위 충돌하는 것들은 모두 말세의 학설들이다. 최초에는 예컨대 석가모니 공자 노자 및 소크라테스 등은 서로 충돌하는 일이 전혀 없었다. 이후 틀림없이 어떤 자가 나타나서 유·불·도교와 희랍의 3대 철학, 명대의 학설과 서양 근대의 학설을 통합시켜 연구하여, 철저하게 모든 사리에 통달한 뒤에 새로운 학설을 내놓을 것이다.

이러한 작업은 정명도가 유·불·도 세 교를 융합시켜 성리학을 만든 일과 같다. 만약 이 작업이 완성된다면 전 세계의 사상도 일치하고 행동도 일치함으로써 세계의 대화합이 실현 가능하게 될 것이다.

이상은 이종오의 저서 『중국 학술의 추세』의 개요를 간략히 소개한 것이다. 이외에도 그는 그 책의 본문 속에서 송대 성리학과 촉학(蜀學 : 사천 지방의 학문)의 관계를 상세히 서술하고 있다. 정명도·정이천 형제의 학설은 당시 촉학의 영향을 많이 받았는데, 특히 정이천의 역학(易學)은 통메장이나 장(醬)을 팔러 다니는 노인의 훈시를 받고 비로소 남다른 이해를 얻게 된 것이다. 게다가 당시 사천 지방에 도교와 불교가 한때 매우 성행한 적이 있었는데, 두 사람 모두 이러한 조류에 휘말려 후에 이 세 교를 융합시키는 작업을 할 수 있었다.

또한 후촉의 황제 맹창(孟昶)이 친절한 문화, 깨끗한 정치를 제창하고 나섰다. 노자 학문에 대한 소자(蘇子)의 연구는 전무후무한 것이었다. 이 모든 것들은 당시 사천 지방이 이후 중국 문화의 요람으로 불릴 만하다는 사실을 충분히 입증해 준다. 이종오는 이런 문제들에 대해 고증과 설명을 덧붙이고 있는데, 이는 국내 학술사를 다루는 학자들이 일찍이 주의를 기울이지 않았던 부분이다.

그는 노자를 언급하면서 중국의 전체 학술을 관통하고 있다고 말했다. 또한 서양의 학설과 인도의 학설은 각자 극단으로 치달았지만, 오직 중국 학설만이 이 양자의 폐단을 바로잡을 수 있다고 말하고 있다. 그의 이러한 관점이 지나치게 주관적인지 아닌지에 대해서는 여기서 비평하고 싶지 않다. 그 비평의 책임은 다만 독자 여러분이 떠맡아 주기를 바랄 따름이다.

영혼과 전자기

이종오의 또 다른 연구 대상 중의 하나는 바로 인간의 영혼과 전자의 문제이다. 이 문제는 『심리와 역학』에 대한 그의 연구의 연속이며, 그의 사상 발전의 극치라 할 수 있다.

그는 성악설 쪽으로 기울어져 대담하게 '후흑학'을 제창하고, 더 나아가 '인성론' 방면에 대한 연구를 진행했다. 연구 과정 속에서 그는 성선설을 부정했을 뿐만 아니라 성악설도 부정했다. 또 '성선악혼설'(性善惡混說)과 '성유선유악설'(性有善有惡說) 및 '성정삼품설'(性情三品說)에 대해서도 완전히 부정했다.

이후 그는 인간의 본성은 선하거나 악하다고 할 수 없고, 오히려 어떤 '힘'을 가지고 있다는 것을 알았다. 이 '힘'은 밀고 당기는 힘인데 물리적 현상과도 다르지 않다. 그리하여 『심리와 역학』이라는 책을 쓰게 되었다.

이제 그는 다시 또 하나의 가설을 세웠다. 즉 인간의 영혼은 지구의 전자기(電磁氣)로부터 변화해 왔다는 것이다. 만약에 이 가설이 앞으로 적절한 증명으로 밑받침된다면 과학과 형이상학의 논쟁 또는 유물론과 관념론의 논쟁은 부질없는 일이 될 것이다. 그러나 그는 학문의 깊이와 나이에 한계가 있기 때문에 이 가설을 적절하게 증명할 수 없었다. 이는 그로서도 어쩔 수 없는 일이었다.

그는 예전에 나한테 직접 다음과 같은 말을 한 적이 있다. 즉 자신은 다만 '응당 그럴 것이라고 여기는' 다소 막연한 견해만을 가지고 『영혼과 전자기』라는 글을 썼는데, 이후의 학자들이 이 학설을 뒤집거나 또는 더욱 명확하게 증명해 주기를 바랄 뿐이라는 것이다. 이 글의 개요는 다음과 같다.

그는 물질도 소멸되지 않고 힘도 소멸되지 않는데, 이것이 바로 과학의 법칙이라고 생각했다. 이러한 이치에 따르면 우리가 죽으면 신체는 곧 지구상의 흙으로 변하고, 동시에 영혼은 지구상의 전자기로 변해 버린다. 만약 그렇다면 육체와 정신은 태어나고 죽는 과정을 되풀이하게 되는데, 이로 보아 물질과 힘은 영원히 소멸되지 않는다는 학설은 상당히 일리가 있는 설명이라고 할 수 있다. 사람이 신선이 될 수 있고 부처가 될 수 있다고 말하는 것은, 혹시 수양 능력을 통해 전자기를 응집시킬 수 있기 때문인지도 모르겠다. 또 "원귀는 사라지지 않는다"는 말은 바로 앙심을 품으면 전자기를 응집시킬 수 있다는 것을 말한다. 반면 원수를 갚게 되면 원한이 사라져 버려 전자기도 분산되고, 이에 따라 그 원귀도 소멸되어 버리는 것이다.

"영혼은 전자기로부터 변화해 왔다." 이러한 가설을 통해 우리는 영혼의 존재와 소멸에 관한 문제도 해결할 수 있게 되었다. 우리가 일단 죽게 되면 신체상의 물질은 지구로 돌아가고, 또 영혼이 전자기로 바뀌면서 곧 영혼은 소멸되는 셈이다. 그러나 우리의 몸이 비록 죽기는 하지만 그 물질은 항상 존재하고 전자기도 항상 존재하므로. 영혼 또한 항상 존재한다고 말할 수 있다. 따라서 장자가 "천지와 나는 함께 생겨나고, 만물과 나는 하나다"라고 말한 것도 아마 이러한 이치일 것이다.

참선하는 중은 '영원불변의 진리를 터득하는 것'을 가장 중시한다. 고요함 속에서 우리의 마음은 확실히 통찰력을 갖지만, 어수선한 가운데서는 이 확실했던 마음이 곧 산만해지고 종국에 가서는 흔적도 없이 사라져 버린다. 참선에 능통한 자는 어수선한 틈바구니에서도 여전히 그 마음이 확연해질 수 있는데, 이를 '움직이고 있을 때나 정지했을 때나 한결같다'고 말한다. 그러나 대낮에는 비록 이럴 수 있더라도 한밤중에 꿈속에서는 다시 혼미해진다.

참선에 더욱 더 능통한 사람은 꿈속에서도 변함없기는 마찬가지로 이를 두고 '자나 깨나 한결같다'고 한다. 참선의 아주 높은 경지에까지 다다른 사람은 죽어서도 변함없기 때문에 이를 '살아서나 죽어서나 한결같다'고 한다. 과연 죽은 후에도 변함없다면, 곧 영혼이 존재한다고 해도 이를 부정할 수 없다.

『능엄경』에서는 이렇게 말한다. "여래의 가슴에 있는 만(卍)자로부터 진귀한 빛이 솟구쳐 나오는데 그 빛은 온갖 수천 가지 빛깔을 띠고 있다. 그 빛은 티끌로 가득한 온 세계를 순식간에 불도의 세계로 뒤바꿀 수 있다." 이러한 진귀한 빛이 바로 곧 전자기의 빛이다.

또 아난(阿難) 존자가 말했다. "내가 여래를 보니 32가지 관상이 매우 아름답고 아주 특이했다. 그리고 형체가 마치 유리처럼 빛났다. 여러 모로 깊이 생각을 해 보았는데, 이 관상은 결코 애욕의 소생이 아니었다. 왜 그런가 하면, 욕망의 기운이 좀먹듯 하고 추잡한 것이 서로 엉키고 피고름이 난무한 가운데서는, 아름답고 깨끗하며 미묘하고 밝은 것이 생겨날 수 없고 또 황금빛이 모일 수 없기 때문이다."

이것은 석가의 수양이 깊어 피와 살로 이루어진 신체가 전자기의 응집체로 변하고, 이에 따라 진귀한 빛을 발해 온 세계에 두루 비출 수 있음을 말해준다.

불교인들에게는 천안통(天眼通 : 세상을 자유자재로 볼 수 있는 신통력)과 천이통(天耳通 : 세상의 모든 소리를 다 알아듣는 신통력)에 대한 일설이 있는데, 현재 무선 전기의 발명으로 이미 이러한 이치가 증명되었다고 할 수 있다. 석가 자신은 곧 하나의 무선 통신기이다. 앞으로 전자기학이 발전하면 혹 불경에서 배운 것이 하나도 쓸모없지 않다는 것을 증명할 수 있을지도 모르겠다. 그리고 '영혼은 전자기로부터 변화해 왔다'는 가설은 또한 사실로 증명될 수 있을지 모른다.

노자는 도를 이야기할 때 여러 차례 물을 비유로 들었다. 불교에서도 설법을 할 때 항상 물을 비유로 든다. 우리는 공기로 비유를 들지는 않지만, 이른바 불생불멸·불구부정(不垢不淨)·무고금(無古今)·무제한·무내외(無內外) 등 이 같은 현상들은 공기가 지니고 있는 특성들이다. 만약 여기서 더 나아가 전자기를 비유로 들면 더욱 확실해질 것이다. 또 만약 '인간의 영혼은 전자기로부터 변화해 왔다'고 가정하고, 석가모니와 노자의 저서를 읽으면 모든 문제가 쉽게 풀리는 것을 느낄 것이다.

우리는 스스로 만물의 영장이라고 여기는데, 이것은 인류가 자기를 과장하는 말에 불과하다. 실제로 인간과 사물은 똑같이 지구상으로부터 나온 것이며, 신체의 원소 가운데 지구상의 물질이 아닌 것이 하나도 없다. 지구의 입장에서 보자면, 인간과 사물은 구분되는 바가 없다. 이는 마치 부모가 두 자식을 낳았는데 장남은 '인간'이라고 부르고, 둘째는 '사물'이라고 부르는 것과 같다. 단지 장남은 총명하고, 둘째는 반신불수에 걸린 농아라는 차이가 있을 뿐이다.

인간의 신체적 물질과 지구의 물질은 모두 원소에 의해 구성된 것이다. 우리들은 영혼을 지니고 있는데, 지구에도 영혼은 있다. 지구의 영혼은 바로 전자기이다. 일반적으로 말하는 지구 중심으로의 인력이라는 것은 바로 이 전자기가 끌어당기는 힘의 표현이다. 지구의 물질이 식물로 변화하면, 동시에 지구의 전자기도 곧 식물의 생기로 변화한다. 우리가 식물을 섭취하면 물질은 곧 우리 몸의 모발과 골육으로 변화하고, 동시에 전자기는 우리의 영혼으로 변화한다. 진흙·모래·돌로부터 식물로 변하고, 식물은 다시 변하여 뼈와 살이 되는데, 변화할수록 더욱더 고등한 것으로 된다.

아울러 지구의 전자기는 식물의 생기로 변화하고, 식물의 생기는 다시 우리의 정신으로 변화되는데, 이 역시 변화할수록 고등한 것으로 된다.

비록 여러 차례 걸쳐 변화하지만 본래의 성질은 여전히 존재한다. 그 이유는 우리 몸의 원소와 지구의 원소가 서로 같고 심리의 감응과 지구의 자기 감응이 서로 같기 때문이다. 그러나 이미 수차례 변화한 이상, 우리 몸의 모발·골육과 지구의 진흙·모래·돌 사이에 차이점이 없을 수 없으며, 우리의 영혼과 지구의 전자기 사이에 차이점이 없을 수 없다. 왜냐 하면 지구상의 죽은 물체가 우리 몸에서 살아 있는 물체로 바뀌기 때문이다.

노자는 말했다. "혼돈으로 이루어진 것이 있었는데, 그것은 하늘과 땅보다 앞서 생겼다. 적막하고 쓸쓸하구나! 홀로 우뚝 서서 함부로 변하지 않는다. 두루 행하면서도 위태롭지 않으니, 만물의 어머니로 불릴 만하다. 나는 그 이름을 알지 못해 그것을 글자로 나타내어 도라고 했다."

노자가 말한 '도'는 곧 석가모니가 말하는 '진여'(眞如 : 불교에서 말하는 영원불변의 진리)이다. 석가모니는 다음과 같이 말한다. "산하대지, 일월성신, 이 모든 것은 진여가 스스로의 성질을 변화하여 나온 것이다."

이 말은 노자의 말과 정확히 일치한다. 진여에는 이른바 '있음'이라는 것이 없다. 실제로 공허하지도 않고, 그렇다고 공허하지 않은 것도 아니다. 노자의 '도'라는 것도 바로 이와 같다. 진여는 스스로의 성질을 고수하지 않고 변하여 전자기가 되고, 이것이 다시 변화하여 기체로 되며, 우주로 돌아가 몇 차례 경로를 거쳐 다시 변화한다. 산하대지, 일월성신은 바로 이와 같이 일정한 변화 순서에 따라 발생한 것이다. 또 이로부터 식물이 생겨나고, 동물이 생겨나고, 인류가 생겨났다.

불교에서 말하는 '아뢰야식'(阿賴耶識 : 불교 유심론에서의 제8식, 무의식 또는 가장 근원적인 마음)의 상태는 전자기가 조화된 상태와 가장 흡사하다. 이 상태는 모두 충돌함이 없이 무료하고, 모든 것이 적막하고 고요하다. 이 고요함 속에서 느낌을 통해 모든 사물의 이치를 통달하게 된다. 따라서 진여가 변화하여, 물질에게는 전자기가 조화된 상태로, 또 인간에게는 아뢰야식의 상태로 존재한다고 말할 수 있다.

마찬가지로 동일한 물질이 진흙·모래·돌로 존재하기도 하고, 인간의 모발과 골육으로 존재하기도 한다. 오늘날 대부분의 사람들은 인간의 영혼은 전자기와는 전혀 다르다고 말한다. 이는 과학적 지식이 없는 사람이 모발과 골육을 보고. 곧 진흙과 모래와 돌과 전혀 다르다고 말하는 것과 같다.

전자기가 조화된 상태는 진여가 최초로 변화된 상태인데, 진여는 눈으로 볼 수 없다. 우리가 석가모니와 노자의 저서를 읽을 때 잠시 전자기가 조화된 상태가 '도'와 '진여'의 상태와 흡사한 걸로 이해해도 무방하다.

우리가 '인간의 영혼은 전자기로부터 변화해 왔다'고 가정한다면, 불교의 여러 설법이나 송대 유학자들이 말하는 '물 속 물고기 몸 밖의 물이 곧 몸 속의 물이고, 붕어 뱃속에 있는 물이 곧 잉어 뱃속에 있는 물이다'라는 것이나, 명대 유학자들이 말하는

'천지를 가득 채운 것은 모두 마음이다' 등등의 견해를 모두 아무 어려움 없이 이해할 수 있다.

『중용』에서는 "희로애락이 아직 드러나지 않은 것을 일컬어 중(中)이라고 한다"고 말했다.

광성자(廣成子)는 "도의 정수는 그윽하고 아득하며, 도의 극치는 어둡고 잠잠하다"고 했다.

장자는 "근심하지도 즐거워하지도 않는 것이 덕의 극치요, 한결같이 변치 않는 것이 고요함의 극치다"라고 말했다.

이 모두는 아뢰야식의 현상이며, 조화된 전자기의 현상이다. 조화된 전자기가 발동하여 서로 밀고 당기는 작용을 함으로써 모든 만물이 생겨났다.

따라서 인간 만사의 변화를 연구하려면 먼저 하나의 억설(臆說)을 만들어 내야 하는데, 즉 '인간의 영혼은 전자기로부터 변화해 왔다'는 것이다. 그러나 전자기를 연구하려면 또 역학과 떨어질 수 없기 때문에, 또 다른 억설을 만들어 내야 한다. 즉 '심리는 역학의 법칙에 따라 변화한다'는 것이 그것이다.

이러한 억설에 따라 모든 사물들이 정상적인 궤도에 따라 순환할 수 있게 되었고, 세계의 여러 가지 학설들도 하나로 합쳐질 수 있게 되었다.

3부

후흑교주

그런데 이 수 문제는 바로 공처가 중의 공처가였다. 하루는 독고 황후가 화를 내자 문제는 매우 두려워서 산 속에 엎드려 이틀 동안이나 숨어 있다가 대신들이 황후를 잘 설득한 뒤에야 겨우 돌아올 수 있었다. 『파경』 즉 『공처가 경전』에서는 다음과 같이 말한다. "아내를 보면 쥐처럼 굴고, 적을 보면 호랑이처럼 굴라."

이종오 집안 내력

    남송 시대 광동성 가응주 장락현에 이씨 성을 가진 한 가문이 흥기했는데, 이자민과 그의 아들 이상달이 가업을 일으키고, 가계와 자손이 점차 번성하여 곧 유명한 씨족이 되었다. 이후 대대로 계승해 오다 제10대에 이르러 이윤당이라는 사람이 청대 옹정 3년(1725)에 가족을 거느리고, 사천성으로 옮겨와서 먼저 융창 숙가교에 거주했다. 그리고 후에 부순 자류정(自流井)으로 이사하여 마침내 그곳에 정착했다.

    사천 지방은 원래 땅의 넓이에 비해 인구가 적은 편이었다. 그러다 명대 말엽 장헌충의 대학살 이후 호남과 광동 일대의 많은 사람들이 혼란을 피해 이주해 와 살았다. 이 이씨 가문의 이주 또한 마찬가지 이유에서였다.

    이윤당이 사천으로 이주해 온 이후에도 가계가 계속 흥성하고 자손이 번성했다. 그러다 이윤당 이후 8대 째에 이르러 사상계에 하나의 혜성이 나타났다. 그는 독서를 통해 깊은 이치를 깨닫고 이설(異說)을 내세우기를 좋아했는데, 그가 바로 '후흑 사상'을 창시한 이종오다. 그는 민국 이래 이미 사천 지방의 유명한 인사가 되었다.

나는 도둑 떼를 피해 사천에 이주해 온 후로 이씨의 많은 저작들을 읽을 수 있었다. 그리고 서로 서신을 주고받고 또 자주 만나 이야기를 하는 친한 친구 사이가 되었다. 그리하여 나는 처음부터 끝까지 그의 행적과 사상을 잘 알고 있다.

그는 결코 사람들이 말하는 것처럼 황당무계하거나 세상 사람들을 깜짝 놀라게 하는 데 취미를 둔 그런 위인이 아니다. 그의 사람됨은 낯가죽이 두껍지도 않고 그렇다고 속마음이 시커멓지도 않다. 그러나 그는 '후흑학'을 제창하고 스스로 '후흑교주'라고 자처했다.

그럼 도대체 이렇게 '반어적인 수법으로 정설(正說)을 내세우는' 태도를 고집하는 것은 무엇 때문인가? 사람들은 그를 비웃거나 비난하기 전에 마땅히 먼저 깊이 반성해야 한다.

석가모니는 결코 지옥에 들어가지 말아야 하며, 예수도 마땅히 십자가에 못 박히지 말았어야 한다. 그러나 석가모니는 이렇게 말했다. "내가 지옥에 들어가지 않으면 누가 지옥에 들어가겠는가?" 예수 또한 다음과 같이 말했다. "십자가를 지고 가지 않는 자는 나의 제자가 될 자격이 없다." 이것은 또 무슨 까닭인가? 그들은 왜 고행을 자처했는가? 우리는 마땅히 반성을 해야 한다.

이씨가 논하고 있는 교육·정치·학술·사상 등에 관한 모든 이론들은 진지한 연구를 통해 나온 결과물이다. 그러나 그의 사상에는 좀 별난 구석이 있는데, 종종 이전 사람들이 말한 적이 없는 것을 말하는가 하면, 요즘 사람들도 말하기 꺼려하는 것을 서슴 없이 말하기도 했다. 때문에 보수적인 학자들은 그의 주장을 이 단으로 몰아붙였다.

이제 이씨는 이미 고인이 되었으니, 그들은 더 이상 그가 거리 낌 없이 자신의 견해를 피력할까봐 걱정할 필요가 없게 되었다. 현재 그의 일생의 행적은 아직 세상 사람들에게 제대로 알려지 지 않았고, 생전에 발표한 여러 사상들도 여전히 무시되고 있는 상황이다. 이에 나는 이미 세상을 떠난 친구를 기리기 위해 필묵 을 아끼지 않고 『후흑교주전』을 써서 세상 사람들이 그의 업적 을 제대로 평가할 수 있도록 할 생각이다.

이종오는 광서 5년(1879) 정월 13일에 태어났다. '종오'(宗吾) 는 그의 본명이 아니다. 이것은 그가 후에 수차례에 걸쳐 고친 것 이다. 그의 이름은 여러 번 바뀌었는데, 그는 어린 시절에 성격이 매우 괴팍하고 안하무인격으로 도무지 격식을 차릴 줄 몰랐기 때문에, 주변 사람들은 모두 그를 '인왕'(人王)이라고 불렀다. 그 래서 그의 부친은 '인왕' 두 글자를 위아래로 합한 '전'(全)에다 '세'(世) 자를 덧붙여서, 그를 세전(世全)이라고 불렀다. 그리고 다시 점쟁이가 그의 운명에 '금'(金)이 적다고 해서 옆에 바로 그 금 자를 덧붙여 세전(世銓)이 되었다. 후에 사숙 선생은 그의 운 명에 금이 부족한 것이 아니라 '나무'(木)가 부족하다고 말했는 데, 그도 부친이 자신에게 지어 준 이름을 달갑게 여기지 않고 있 었기에 곧 이름을 종유(宗儒)로 개명했다. 이것은 공자를 믿고 따르겠다는 것을 의미한다.

25세가 되어 사상이 크게 바뀌게 되자, 그는 유교에 대해 자못 불만을 느꼈다. 공자를 존경하고 따르기보다는 차라리 자신을 존경하고 따르는 것이 더 낫다고 속으로 생각하게 된 그는 이름을 다시 종오(宗吾)로 바꾸었다.

"종오라는 이 두 글자는 내 독립적인 사상의 기치이다." 그는 늘 이렇게 말하곤 했는데, 이후에 종오 두 글자는 전국적으로 유명세를 타 거의 모르는 사람이 없게 되었다.

이종오 형제는 일곱이었고, 자매는 둘이었다. 형제 중에서 그는 여섯째였다. 셋째 형은 일찍 죽고 그 나머지 여섯 형제는 모두 장성했는데, 그의 부친은 이를 두고 '육겸당'(六謙堂)이라고 불렀다. 이종오 한 사람을 제외하면 형제 모두가 농업에 종사했다. 나중에 그의 동생이 기계실을 열고 대략 장사하는 모양새를 갖추었다.

종오는 유전(遺傳)과 태교(胎敎)를 믿었다. 그는 자신이 독서를 좋아하는 것도 선천적인 것이라고 말했다. 왜냐하면 그가 태어나던 그 전후 몇 년 동안은 바로 그의 부친이 문을 걸어 잠그고 독서에 몰두하던 시기였다는 것이다. 뿐만 아니라 그는 다음과 같이 소씨 삼부자의 일화를 인용하여 태교의 정당성을 증명해 보이기도 했다.

"소순은 27세가 되어서부터 학문에 열중하기 시작했는데 그 때가 송대 인종 명도 2년(1033)이다. 소식(蘇東坡)은 1036년에 태어났고 소철은 1039년에 태어났으니 그들 두 형제는 바로 소순이 독서에 열중하던 시기에 태어난 것이다.

역사상의 인물들 가운데 27세 이후에 뒤늦게 학문에 열중한 사람은 오직 소순뿐인데, 그는 두 명의 대문장가를 낳았다. 이와 비슷하게 사십이 되어서야 비로소 분발하여 학문을 시작한 이는 나의 부친뿐인데 교주 한 사람을 낳으셨으니, 이 어찌 기이한 일이 아니겠는가?

소식의 재능은 자유자재하고 문장은 호방한 편이다. 소철은 사람이 매우 차분하고 황로 사상과 『노자주해』를 고금의 걸작으로 추대했다. 소순이 처음에 분발하여 학문에 열중하기 시작했을 당시에는 매우 도도하고 힘이 넘쳤지만, 이 후 점차 이치를 깊이 파고들면서 차분해졌다. 이에 따라 소식과 소철 두 사람의 성품은 각각 다르다.

나는 나의 부친이 독서에 몰두하던 말년에 태어났다. 그래서 나의 성격은 침착하고 노자를 좋아하는데, 이는 소철과 대체로 비슷하다. 하지만 애석하게도 나는 농가에서 태어나 정식으로 배움을 위한 입문 과정을 거치지 못했기 때문에 아무래도 좀 소철에게 비해 부끄럽다.”

그는 또한 그의 기이한 사상도 자신의 부친으로부터 물려받은 것이라고 말하는데, 실제로 그 집안도 수대에 걸쳐 성격상 특이한 점이 있다. 그럼 우리는 우선 그의 증조부까지 거슬러 올라가 그의 혈통을 자세하게 살펴보도록 하자.

이종오의 증조부는 이름이 구방이고, 성격은 매우 엄격했다.

비록 염색 점포의 주인에 불과했지만, 용모가 위엄이 있어 그를 존경하고 두려워하지 않는 사람이 없었다. 친척이나 가족 중에 누구라도 의관이 단정치 못하거나 술에 취한 사람이 그의 점포 문 앞을 지날 때에는, 즉시 숨을 죽이고 태도를 바로 하지 않고서는 감히 지나가지 못했다.

그러나 다른 사람들에게는 결코 말을 거칠게 하거나 냉정한 태도로 대한 적이 없다. 언제나 자상하고 온화한 태도로 대했다. 평생 동안 양심에 부끄러운 일을 한 적이 없이 일흔 살의 나이로 세상을 떴다.

그는 죽음을 맞이할 때, 수건을 가져오라고 해서 스스로 얼굴을, 닦고 약간 비뚤어진 모자를 직접 손으로 바로잡은 후 탁자에 기대어 조용히 숨을 거두었다.

종오의 조부는 이름이 낙산으로 평생 동안 농사를 짓고 채소를 심어 팔기도 했다. 농한기에는 기름초와 짚신을 만들어 팔았는데 거리를 누비고 다니며 물건을 팔았다. 체구는 건장하고 성격은 소박한 편이었다.

거름을 지고 가다가 거리에서 어떤 사람이 그에게 말을 걸어올 때면 그는 줄곧 서서 대답을 하는데, 거름이 어깨 위로 흘러내리는 것도 알지 못했다. 때로는 장난기 있는 사람이 고의로 그를 골탕 먹이려고 한참 동안 쉬지 않고 이야기하면, 그는 거름을 왼쪽 어깨와 오른쪽 어깨에 번갈아 가며 옮겨지기 바빴다. 이 광경을 지켜본 길가의 수많은 사람들은 웃지 않을 수 없었다.

또 그는 저녁밥을 먹자마자 곧바로 잠이 들어 가족이 잠을 잘 때쯤이면 다시 깨어나 더 이상 잠을 이루지 못할 때가 많았다. 깊이 잠들었을 때는 불러도 깨어나지 못하다가도 만약 "강도야!" 하고 소리치면 깜짝 놀라서 벌떡 일어났다.

그는 잠에서 깨어나면 즉시 내일 팔아야 할 채소를 정리했다. 곧이어 정리가 끝나면 막대기를 하나 들고 채소밭을 지키러 나갔다. 채소밭은 큰 도로변에 위치하여 물건을 훔친 도둑이 이곳을 지나다가 종종 그에게 발각되기도 했다. 그러면 그는 그 물건을 빼앗아 주인에게 돌려주었다. 그래서 도둑들은 그를 매우 두려워하여 항상 길을 돌아서 가곤 했다.

한편 집안에서 그는 평소에는 고기 먹는 것을 아까워하다가도, 연말이 되면 고기를 열 근씩이나 사 갖고 와서 간장에 절여 놓게 했다. 그러고는 직접 칼을 들고 고기의 가장자리를 대략 반 근 정도 자르고는 아내에게 탕을 끓일 무우를 뽑아 오게 했다. 이때 그는 아내에게 다음과 같이 주의를 주곤 했다.

"큰 무우는 팔 수 있게 남겨 두고, 작은 것은 더 자랄 수 있도록 내버려 둬. 그리고 두 갈래진 것이나 갈라져서 팔 수 없는 것만 골라서 뽑아 오도록 해."

그의 아내는 채소밭에 가서 남편의 지시대로 두루 찾아보았으나, 그런 무우를 하나도 찾지 못했다. 그러면 그는 아깝지만 하는 수 없이 다른 것을 뽑아서 사용하도록 했다.

탕이 끓으면 그는 직접 국자를 들고 그릇에 퍼 담았다가 또 다시 솥에 붓고, 다시 담았다가 또 붓기를 여러 차례 되풀이했다.

그 모습을 본 그의 아내는 의아해하면서 물었다. "무얼 하시는 거예요?"

"나는 가족과 일꾼들에게 나누어 주려고 하는데, 공평하게 골고루 나누어 줄 수 없어 괴롭구려!"

이런 일이 있고 나서 얼마 안 되어 그는 병으로 죽었다. 그의 아내는 고기 한 덩어리를 베어서 그의 영전에 바치고 통곡을 하며 혼잣말로 중얼거렸다. "고기보다 눈물이 훨씬 더 많군."

또 그녀는 몹시 애석해하면서 그가 생전에 사용하던 멜대를 고이 간직해 두며 말했다. "이후에 자손이 번성하면 반드시 붉은 능단으로 싸서 대청 기둥에 매달아 놓고, 대대로 가보로 보존하겠어요."

들리는 바에 의하면, 이 멜대는 그의 자손을 통해 1920년까지 보존해 오다가 도적들에 의해서 망가졌다고 한다.

그녀는 성이 증(曾)씨로 높은 산간 마을의 부잣집 딸이었다. 그녀는 시집 온 후로 평생 동안 남편이 하는 일을 도와 물을 긷고 거름을 지면서도 피곤하다거나 원망하는 일이 한 번도 없었다. 어떤 때는 친정 부모를 찾아뵈러 갔다가 고양이나 개가 먹다 남긴 음식물을 보고, '우리 집은 언제나 이렇게 남는 음식물이 생길까?' 하고 속으로 한탄한 적은 있었다고 한다.

종오는 어린 시절 그의 부모가 수없이 이런 이야기를 들려주면서, 그들 형제들에게 다음과 같이 훈계하는 것을 귀가 따갑게 들으며 자랐다. "조상들은 어려운 시절에 태어나 이렇게 힘들게 고생해도 밥 한 끼 먹기가 힘들었어. 이러한 형편을 너희들은 결코 잊어서는 안 된다."

　종오의 부친은 이름이 고인(高仁)이고 자는 정안이다. 그는 원래 외지에서 장사하는 것을 배웠지만, 부친이 죽은 후부터 곧 농부가 되어 그의 아내와 함께 하루 종일 부지런히 일했다. 이러한 모습은 완전히 그의 부모를 쏙 빼닮았다. 항상 그의 부친이 남긴 멜대를 교훈으로 삼아 열심히 일한 덕분에 살림이 점차 펴지기 시작하면서 땅도 사들였다.

　그러나 병이 날 정도로 일을 심하게 한 나머지 사십이 되었을 때 의사로부터 충고를 듣게 되었다. "이제 더 이상 집안일을 그만두고 편안히 요양하지 않으면 생명이 위험합니다." 이 말을 들은 그는 곧 집안일을 완전히 아내에게 맡기고 자신은 오로지 요양에만 힘썼다. 이윽고 3년이 지나자 병세가 점차 나아지기 시작했다.

　그는 요양 기간 중에 비로소 책을 볼 수 있는 기회를 얻었는데, 먼저『삼국연의』『열국열의』같은 책을 보고 난 뒤 사서(四書)를 풀이해 놓은 책을 읽었다. 그는 이 책들을 보고 또 보면서 점차 한 가지 이치를 깨닫게 되었다. "책은 곧 세상만사고, 세상만사는 곧 책이다."

　그는 나중에 겨우 책 세 권만 보고, 그 밖의 다른 책은 전혀 들춰보지 않았다. 그 세 권의 책은 어떤 책인가? 한 권은『성유광훈』(聖諭廣訓)인데, 이 책은 청나라 건륭이 세상에 공포·시행한 것으로, 후에 주백로의「치가격언」을 덧붙였다. 또 한 권은『귀심요람』인데, 단지 전체 중에서 일부만을 보았다. 그 책 가운데는 사마광 및 당익수 등의 유명한 말들이 실려 있기 때문에 그는 그것을 격언서라 불렀다. 마지막 세 번째 책은 양계성이 엄숭의 『십악오간』을 참고하여 지은 『상주문』(上奏文)으로, 후에 초산의 「유언」을 덧붙였다. 이 밖에 『삼자경』(글자를 깨우치기 위해 세 글자로 된 단어를 모아 엮은 책) 주해서가 있는데, 그리 자주 보지는 않았던 것 같다. 이 세 권의 책 가운데 주로 앞의 두 권만 손에서 떼지 않고 열심히 읽었다.

임종하기 며칠 전까지도 차마 책 읽는 것을 그만두지 못하는 것 같았다. 그는 늘 이렇게 말하곤 했다. "책을 그렇게 많이 읽어서 무엇 하느냐? 한 권의 책이라도 읽다가 좋은 구절이라고 생각되는 것이 있으면 꼭 적어 두고 그것대로 실행에 옮겨라. 그 이외에 자기 생각과 맞지 않는 책들은 볼 필요가 없다."

그가 가장 아끼고 큰 소리로 읽던 것은 『성유광훈』 중의 "자식이 되어 부모에게 효도할 줄 모르는 자는 왜 부모가 자식을 사랑하는 마음을 생각지 못하는가?"라는 구절과 『귀심요람』 중의 "가난과 미천함은 근면과 검소를 낳고, 근면과 검소는 부귀를 낳고, 부귀는 교만과 사치를 낳으며, 교만과 사치는 방종과 나태를 낳고, 방종과 나태는 다시 가난과 미천함을 낳는다"라는 구절이었다.

그가 읽은 책이 이와 같이 적은 것은 물론, 그가 평생 동안 글 한 자 써 본 적이 없다는 사실은 더더욱 기이한 노릇이다.

종오가 7~8세 되었을 무렵 급한 일이 생겨, 그의 부친은 그에게 지필묵을 가져오게 하고 편지를 쓰려고 했다. 그런데 그가 지필묵을 가져오자, 그의 부친은 또 이번에는 쓰지 않겠다고 말하는 것이었다.

그래서 종오는 후에 이렇게 말한 바 있다. "나의 기이한 사상은 나의 부친에게서 비롯된 것이고, 독서 방식도 나의 부친에게서 배운 것이네." 이는 한참 지난 후에야 사실로 증명되었다.

종오의 부친은 큰 병을 앓고 난 이후 더 이상 거칠고 힘든 일은 하지 못하고, 다만 가끔씩 사탕수수 잎을 따거나 누에콩을 심을 때 재를 덮어 주는 일을 하는 게 고작이었다. 그러나 틈나는 대로 책을 읽었다. 일꾼들이 밭으로 일하러 나갈 때마다 그는 담뱃대 또는 난로를 가지고 나갔다. 그리고 그가 애지중지하는 책을 끼고 밭 가장자리에 앉아 일꾼들과 한담을 나누기도 하고, 또 혼자 책을 읽기도 했다.

그는 농사일에 아주 정통하여 매일 새벽마다 밭을 한 차례씩 둘러보곤 했는데, 종종 이렇게 장담했다. "나는 집에서 자면서도 일꾼들이 밭에서 일하는 상황을 모두 알고 있다." 또 가족들이 밭에서 돌아오면, "일꾼들은 어디로 갔느냐?" 하고 묻곤 하는데, 만약 우물쭈물 하거나 대충 확실치 않게 대답하면 빙그레 웃으면서 말했다. "허튼 소리 하지 마라."

그는 평소 일찍 일어나는 것을 중시했다. 그는 세 사람의 「치가격언」을 읽은 적이 있는데, 그 모두가 한결같이 일찍 일어나는 것을 주장한다고 말했다. 주백로는 "새벽에 일찍 일어난다"고 했고, 당익수는 "일찍 자고 일찍 일어나서 부지런히 집안일을 처리한다"고 말했다. 한위공은 또 이렇게 말했다. "집안을 다스리기 위해 일찍 일어나면 자연히 만사가 잘 되어 가지만, 밤늦도록 흥청망청 즐기면 아마 모든 일에 소홀하게 될 것이다."

따라서 그는 비록 그의 부친처럼 그렇게 일찍 일어나지는 않았지만, 언제나 닭이 울면 일어나는 습관을 길렀다. 엄동설한에도 하루라도 그만두는 날이 없을 정도였다.

그 당시에는 땔감이 없어서 그는 매일 새벽같이 일어나 부싯돌로 등에 불을 밝히고, 목탄으로 화로에 불을 지펴 술을 데워 홀로 마셨다. 그러고 나서 잎담배를 입에 물고 날이 새기를 기다렸다. 이렇게 날이 밝을 때까지 앉아 있는 동안 그는 일꾼들이 해야 할 일과 자신이 해야 할 일들을 일일이 점검하고 계획했다. 때문에 그가 집안일을 처리하는 것은 매사에 거의 정확했다. 일꾼들이 일을 할 때 잠시라도 시간을 낭비하게 하는 적이 없었다. 그는 일꾼들이 늦게 일어나 일을 그르칠까 봐 매일 아침 그들을 불러 깨웠다. 그러나 이렇게 하는 것이 번거롭게 느껴지자 이번에는 대청 문을 빡빡하게 만들어서, 창가에 희멀끔하게 날이 밝아 오면 대청 문을 활짝 열어 젖혔다. 그러면 그때마다 요란하게 문 여는 소리에 일꾼들은 자연히 깜짝 놀라 깨어나지 않을 수 없었다.

그는 일찍 일어나는 것을 좋아하고 사색을 즐겼기 때문에 다른 사람들을 다루는 데에 능숙하여 한 번도 실패한 적이 없었다. "다른 사람과 교섭할 때에는 반드시 그가 어떤 자세로 나올 것이며, 나는 어떻게 대응할 것인가에 대해 모든 것을 생각해 봐야 한다. 이렇게 하면 그자가 어떤 태도로 나오든지 간에 나는 모두 대처할 수 있게 되지." 그는 이렇게 말했다.

　그의 병이 완쾌되었을 때 이웃에서 그에게 팔려고 내놓은 집이 하나 있었다. 그도 역시 매우 사고는 싶었지만 부르는 값이 너무 비싸서 속만 태우고 있다가, 일부러 팔려고 내놓은 주인에게 말했다. "가격이 너무 비싸서 살 수 없을 것 같군." 쌍방이 서로 옥신각신하며 좀처럼 양보하려 들지 않았다. 이웃 사람은 그가 살 듯 말 듯 구는 모양이 괘씸하여 허락 없이 자기 땅을 밟고 다닌다고 관가에 고소하겠노라 엄포를 놓았다. 그러나 그는 아랑곳하지 않았다. 오히려 그는 자기 집의 출입구에 도랑을 파 놓고 집 뒤쪽으로 돌아서 다니며 아예 이웃 사람과 상종조차 하지 않았다. 그 결과 이웃집 사람은 그에게 승복하고 그 집을 그에게 내놓았다. 이때도 다소 다툼이 있긴 했지만, 결국 최후의 승리를 거둔 셈이었다.

　종오가 언젠가 나에게 그의 동생인 일곱째 세본은 바로 그의 부친이 이웃집 사람과 옥신각신 다툴 때 태어났다고 말한 적이 있다. 그래서인지 세본은 남과 잘 사귀고, 또 일을 처리함에 있어서도 야무지고 기민했다. 후일 그의 부모가 죽고 형수가 죽었을 때 그 장례 일을 혼자서도 맡는데, 그는 아주 수월하게 일을 처리했다.

　세본은 사람들에게 말하곤 했다. "나는 일이 없어서 앉아 있기만 하면 졸지. 그러나 할 일만 생기면 정신이 백배는 맑아지는 것 같네. 근래 몇 년 동안 집안에 몇 사람이 죽어서 불행 중 다행으로 해야 할 일거리가 생겼지. 그렇지 않았다면, 그 기간은 정말 생활하기 힘들었을 거야.”

그래서 종오는 그의 유전 및 태교설에 근거하여 이러한 사실들을 과학적으로 연구해 보고 싶어했다.

그의 부친이 69세의 나이로 세상을 떴을 때, 그의 집안은 먹고 지낼 만한 형편이었다.

광동인은 조상을 기리는 마음, 향토 관념, 그리고 단결 정신이 매우 강하다. 이씨 집안이 사천 성으로 이사를 온 이후에도 고향에 있는 조상 무덤과 친척들의 안전에 대해 여전히 마음을 쓰고 있었다. 그들은 종종 사람을 광동성에 보내 묘지를 정돈하고, 친지들에게 소식을 전하기도 했다.

사천 지방에는 이씨 조상을 모시는 사당이 없었다. 다른 사람의 말에 의하면, 외지 사람들이 들어와서 사당을 세우면 항상 현지 토박이들로부터 시달림을 당했다고 한다. 그래서 그들은 광동에 사는 모든 이씨 집안 사람들을 모아 ‘봉봉회’(捧捧會)라는 후원회를 조직하고, 만약 그들을 괴롭히는 사람이 있으면 모두 함께 목숨을 걸고 그들과 맞서 싸우기로 다짐했다. 그 후 어떤 사람이 ‘봉봉회’는 불법적인 것이라고 지적하자, 비로소 사당을 세웠다.

광동인이 사천성으로 이사 와서 결혼할 때는 반드시 광동 사람을 택했다. 가끔씩 전례를 깨고 그 지방 여자와 결혼을 하게 되면 신부는 시댁 문을 들어서는 즉시 광동 말을 배워야 했다. 가족이나 친척이 오고갈 때는 더더욱 광동말로 말을 해야 하는데, 그렇지 않으면 조상을 팔아먹었다고 비난받았다.

이씨 집안의 윤당으로부터 종오 세대까지 이미 여덟 세대가 흘렀지만, 그들 아홉 명의 형제자매들은 모두 광동 사람과 결혼했다. 이렇게 강렬한 지역 성격에다 대대로 전해오는 개성 있는 혈통이 덧붙여졌으니, 우리가 유전을 믿지 않는다 해도 기이한 사상을 지닌 이종오가 출생한 것은 전혀 이상한 일이 아닐 것이다.

공처가 철학 — 파학(怕學)

후흑교주는 평소에 우스갯소리를 쓰기 좋아했다. 그는 어떤 때는 잡문체를 사용하고 어떤 때는 소설체를 사용했는데, 풍자와 욕설이 아닌 것이 거의 없었다. 그래서 어떤 사람이 내게 말하기를, "후흑교주가 살아있을 당시 세상은 온통 하나의 커다란 풍자였다"고 했는데, 나도 그렇다고 대답했다.

그는 단지 세상 사람들을 풍자할 뿐만 아니라. 어떤 때는 자신을 풍자하기도 했다. 다만 그가 자신을 풍자할 때는 더욱 악랄하게 세상 사람들을 풍자했는데 이것이 그의 일관된 방법이다. 예컨대 그가 제창한 '후흑학'은 분명히 이를 통해 세상 사람들을 비난하려 한 것이다.

그러나 그는 굳이 혼자 나서서 후흑교주로 자처하며 『후흑경』 『후흑학』 『후흑 전습록』을 저술했다.

만약 어떤 사람이 그에게, "왜 당신은 다른 사람을 욕합니까?" 하고 묻는다면, 그는 반드시 이렇게 대꾸할 것이다. "내가 어떻게 다른 사람을 욕할 수 있겠는가? 나는 나 자신을 욕했을 뿐이다." 이런 그를 상대할 수 있는 방법이 어떤 게 있을까?

이 글에서 우선 소개하려고 하는 것은 그가 쓴「공처가 철학」이라는 글인데, 이 역시 이러한 이전의 풍자 전략을 그대로 따른 것이다. 그가 여기에 관심을 쏟게 된 것은 우리 중국의 윤리 도덕에 비추어 볼 때 전혀 엉뚱한 것이라는 생각이 든다. 이른바 오륜이란 것은 거의 모두가 훼손되었고, 사회에는 온통 '재물과 처자식을 좋아하는' 것들뿐이다.

그러나 그는 "세상의 풍조가 옛날과 같지 않고 형세가 날로 나빠진다"고 개탄하는 성리학자와는 다르다. 그는 뜻밖에 '아내를 두려워하자'는 구호를 내걸고, 이를 제창했을 뿐만 아니라 전문적으로 깊이 논술했다. 그리고 이것을 철학으로 지칭하고, 끝부분에『파경』(怕經 : 공처가 경전)을 써서 이를 유가의『효경』과 비교했다.

이런 식의 풍자는 정말 아주 신랄한 것이다. 그 자신이 공처가였는지 아닌지 우리는 잘 모른다. 그러나 그는 일찍이 일부 남자들을 모아 '파학'(怕學 : 공처가 철학) 연구회를 설립하여 서로 함께 토론하고 연구할 것을 적극 주장하면서, 그 연구회의 회장을 자처했다. 이것은 당연히 자신의 경험에 바탕을 두고 한 것이 아니겠는가? 그 자신이 자칭 철학이라고 부르는 글의 대의는 이러하다.

대개 한 나라를 세울 때는 반드시 일정한 중심이 있어야 한다. 우리 중국은 예의지국으로 불리는데, 이때 가장 중요한 것은 바로 오륜이다. 옛날의 성인들은 오륜 가운데서도 특히 '효도'를 강조하여 이 모든 행위의 근본으로 삼았다. 그리하여 "왕을 섬기는 데 충성하지 않으면 효가 아니고, 벗을 사귀는 데 의리가 없으면 효가 아니며, 전쟁을 수행하는데 용기가 없으면 효가 아니다"라고 했다.

나라 전체의 중심은 '효'라는 글자 위에 세워졌고 그 위에서 각종 문명이 발생했다. 우리 중국이 수천 년 동안 동남아 지역을 호령할 수 있었던 것도 다 이유가 없는 것이 아니다.

유럽풍이 점차 동양으로 밀려오자, 학자들은 "예교가 사람을 잡아먹는다"고 큰 소리를 외치면서 제일 먼저 '효'라는 글자를 타도했다. 이에 따라 국가의 중심이 사라지게 되었다. 그리하여 국가의 대사를 도모하는 데 충성을 다하지 않고, 친구를 사귀는 데 의리가 없으며, 전쟁에 임해서는 용기가 없게 되었다. 상황이 이러한데 어떻게 나라가 쇠약해지지 않을 수 있으며, 어떻게 외국의 침임이 없을 수 있겠는가?

따라서 반드시 다른 것을 찾아서 나라의 중심으로 대체해야 하는데, 이전의 '효'를 대체할 수 있는 것은 여전히 오륜 가운데서 찾아야 마땅하다. 내가 알기로는 이미 군신의 관계는 뒤바뀌어졌고, 부자의 관계도 평등해졌으며, 형제나 친구 따위는 내다 버린 지 오래다. 다행히 오륜 가운데 아직 존재하고 있는 것은 부부 관계인데, 우리는 마땅히 모든 문화를 이 부부간의 윤리 위에 세워야 한다.

이 세상의 모든 어린이들은 친부모를 사랑할 줄 아는데 그 사랑이 쌓여서 효가 된다. 따라서 옛날의 문화는 이 '효' 자 위에 세워졌다. 이 세상의 남자들은 모두 아내를 사랑하는데, 그 사랑이 쌓여서 '두려움'(怕)이 된다. 따라서 이 '파'(怕) 자는 나라 전체의 중심이 되지 않을 수 없다.

이종오는 '파학' 즉 공처가 철학의 선봉 격으로 마땅히 사천 지방을 추천해야 한다고 말한다.

송대 사천 지방의 진계상은 바로 공처가의 거장으로, 그에 관한 고사는 공처가들 간에 아름다운 이야기로 전해오고 있다.

소동파는 그런 그를 이렇게 노래하고 있다. "갑자기 마누라의 앙칼진 소리가 들려오자, 망연자실해져 들고 있던 지팡이를 떨어뜨렸네." 이 시는 그 당시 공처가가 아내의 고함 소리에 너무 놀라서 정신이 없고 어쩔 줄 몰라 하는 모습을 묘사한 것이다. 그러나 진계상은 결코 미천한 무리가 아니라 유명한 덕망 있는 은자였다. 덕망 있는 은둔자들은 모두 이와 같이 공처가였다. 이로부터 아내를 두려워함은 마땅히 불변의 진리로 삼아야 함을 알수 있다.

소동파는 또 그를 칭송하여 이렇게 노래했다. "집안이 적막하고 쓸쓸한 가운데서도 처자 노비 모두가 만족해하네." 이것은 진계상이 스스로 아내를 무서워하여 그녀에게 절대 봉사한 끝에 그 가정이 이렇게 좋은 효과를 거두게 되었음을 입증하고 있다.

좀 더 앞선 시대에 사천에 오래 살았던 유 선생이라는 사람이 있었는데, 그는 공처가 사회의 창시자이자 실천가라고 할 수 있다. 그는 신혼 첫날밤에 손 부인에게 무릎을 꿇었다. 그 후 어려운 일을 당할 때 마다 아내에게 기대어 통곡하고 종종 무릎을 꿇기도 했다. 이렇게 하면 곧 사태는 전화위복이 되고 재난도 길조로 바뀌었다. 그가 이러한 기술을 발명했으니, 드넓은 고해(苦海)를 건넌 사나이라고 할 만하다. 질투심이 강한 여자의 앙칼진 소리를 접할 때마다 누구든 유 선생이 쓴 이러한 비법을 사용하면, 틀림없이 규방에 곧 화목한 분위기가 감돌고 즐거움이 넘치리라 장담한다.

이종오는 이를 역사적 사실로도 증명한다.

동진 이후 남북으로 갈리어 대치하다가 송·제·양·진을 거쳐 수 문제에 이르러서야 비로소 남북이 통일되었다. 그런데 이 수 문제는 바로 공처가 중의 공처가였다. 하루는 독고 황후가 화를 내자 문제는 매우 두려워서 산 속에 엎드려 이틀 동안이나 숨어 있다가 대신들이 황후를 잘 설득한 뒤에야 겨우 돌아올 수 있었다. 『파경』 즉 『공처가 경전』에서는 다음과 같이 말한다. "아내를 보면 쥐처럼 굴고, 적을 보면 호랑이처럼 굴라." 수 문제가 천하를 통일한 것은 하등 이상할 게 없다.

수나라 말기에 세상이 크게 혼란해지자 당나라 태종이 여러 영웅들을 제거하고 천하를 평정했다. 이때 그와 함께 했던, 계략에 능한 신하 방현령 또한 대단한 공처가였다. 그는 항상 아내의 박해를 받았으나, 이에 대해 속수무책이었다. 그러던 중 문득 좋은 생각이 떠올랐다. 태종은 지금 천자이므로, 당연히 그녀를 제압

할 수 있을 거라고 생각했던 것이다. 그래서 곧 태종에게 괴로움을 하소연했다. 그러자 태종이 말했다. "그녀를 불러오너라. 내가 처리해 주마." 그러나 방현령의 부인의 몇 마디에 태종은 곧 말문이 막혀 버렸다. 그래서 하는 수 없이 방현령을 몰래 불러 말했다. "너의 부인은 보기만 해도 무섭구나. 이후에 그녀의 명령에 잘 따르는 것이 상책일 것 같다." 이렇듯 태종은 신하의 아내를 보기만 해도 무서워했으니, 참으로 나라를 세운 현명한 임금답다 하겠다.

중국의 역사를 보면 공처가만이 비로소 천하를 통일할 수 있었다. 뿐만 아니라 설사 변두리의 일부 지방을 차지하고 있다 하더라도 공처가가 아니면 위기를 지탱해 나갈 수 없었다.

예전에 동진은 일부 지방만을 차지하고 있으면서 완전히 왕도와 사안에 의존하여 지탱되었다. 그들 두 사람은 모두 공처가 사회의 선구자들이다.

왕도는 재상이면서 또한 청담회(淸談會)의 의장을 겸하고 있었다. 하루는 그가 작은 깃털을 손에 들고 의장석에 앉아서 흥미진진하게 이야기를 나누고 있었는데, 그때 갑자기 누군가가 말을 전했다. "부인께서 오신답니다." 그러자 당장 마중을 나간 그는 급히 소달구지에서 뛰어내려 달려갔는데, 체면도 아랑곳하지 않고 허둥대며 어쩔 줄을 몰라 했다. 그러나 그는 조정에서는 일등 공신이라 마침내 천자의 총애를 받아 구석(九錫 : 천자가 특히 공로가 있는 신하에게 내리는 9가지 물품)을 하사받았다. 굳이 그 근원을 따진다면 아내를 두려워한다는 '파'(怕) 자 비결의 도움을 받은 것이다.

부견이 백만의 군대를 이끌고 진을 쳐들어왔는데, 사안은 별장에서 바둑을 두며 눈 하나 깜짝하지 않고 부견을 죽이고 대파했다. 이 또한 모두가 알고 있듯이 아내를 두려워하는 '파'자 비결의 도움을 받은 것이다. 즉 사안의 부인은 주공(周公)이 제정한 예를 바꾸어 그녀의 남편을 구속했다. 사안은 그의 부인 아래서 엄격한 훈련을 받고 태산이 무너지는 앞에서도 얼굴색 하나 변하지 않는 담력을 길렀다. 그런데 어떻게 부견이 그의 적수가 될 수 있었겠는가?

이종오는 이와 같이 공처가의 중요성을 주장했지만 아무래도 다른 사람들의 의혹을 사지 않을 수 없었다.

어떤 사람이 그에게 물었다. "외세의 침입이 이렇게 눈앞에 다다랐는데 계속 '파학'(공처가 철학)을 제창하여 두려워하는 습관을 길렀다가, 적이 쳐들어왔을 때 공처가의 심리로 그들을 두려워하게 된다면 어찌 나라가 망하지 않겠소?"

"그렇지 않아. 예전에 부인을 매우 무서워하는 장군이 있었지. 하루는 화가 나서 '그까짓 마누라가 뭐가 무섭단 말인가'라고 말하고, 전 군대를 소집하라고 명령했네. 그리고 사람을 시켜 부인을 불러오게 했는데 군법에 따라 처리할 작정이었지. 그런데 그의 부인이 나오면서 '무슨 일로 나를 불렀느냐?'고 소리치자, 그는 그만 당황한 나머지 땅에 엎드려 '열병식에 참여하라고 부인을 불렀소'라고 말하고 말았다네."

그는 여러 방면에 대한 고증을 거쳐 이 장군이 바로 명나라 때의 척계광임을 밝혀냈다. 그러나 척계광이 이렇듯 공처가였다는 점은 하등 이상할 것이 없다. 척계광은 비록 규율을 매우 엄하게 다스려 그의 아들이 군령을 어기자 곧 그를 참수시켰지만, 부인이 그를 찾아가 한바탕 소란을 떨자 스스로 이치에 닿지 않는다고 생각되어 말문이 막혀 버렸다. 그 후 곧 그는 공처가의 습관이 길러지게 되었다. 그러나 일단 두려워하게 되면 반대로 더욱 담력이 커진다는 것을 누가 알았겠는가? 그 후에 왜구가 쳐들어왔을 때 그는 조금도 두려워하지 않고 싸워 영웅이 되었다. 왜냐하면 왜구가 물론 두려웠지만 아내보다는 덜 무섭게 느껴져 수 있었기 때문이다.

희랍의 역사를 읽어 본 사람이라면 모두 스파르타의 장정들이 출정을 할 때 아내들이 남편에게 이렇게 말한다는 걸 알 것이다. "당신이 싸움에서 이기고 돌아오지 않으면 만나주지 않겠어요." 그리하여 모두가 필사적으로 싸워 적을 물리치고 승리할 수 있었던 것이다. 스파르타는 조그마한 나라였지만 곧 궐기하여 그 지역에서 힘으로 군림하게 되었다. 만약 평소에 공처가의 습관을 기르지 않았다면 어떻게 이러한 결과를 얻을 수 있었겠는가?

이종오는 역사상으로 아내를 두려워해야 하는 당위성을 증명했을 뿐만 아니라, 더 나아가 정치상의 인물을 고찰하여 관직이 높을수록 아내를 두려워하는 정도가 심하고, 관급과 아내에 대한 두려움의 정도는 정비례한다는 것을 밝혀냈다.

그리하여 고금의 사실로부터 정확한 진리를 도출해 내고, 특히
『파경』(공처가 경전)의 몇 가지 원칙을 정하여 후세들에게 모범
으로 삼게 했다.

〈교주〉아내에 대한 두려움이란 불변하는 진리로서 사람들은 모
두 그것을 따라야 한다. 오형(五刑 : 이마에 글자 새기기, 코 베기,
다리 자르기, 거세하기, 사형 등 중국 고대의 다섯 가지 형벌)으로
대략 3천 종류의 죄를 처벌할 수 있는데, 그 중 아내에 대한 불경죄
가 가장 무겁다.

〈교주〉아내를 무서워하는 자는 밖에 나가서도 감히 잘못을 저지
르지 않는다. 사람들마다 잘못을 저지르지 않게 되니 나라가 번성
하지 않을 수 없다. 군자는 근본에 힘쓰는데, 근본이 서면 곧 도가
생겨난다. 마누라를 두려워하는 것이 바로 나라를 부흥시키는 근
본이다.

〈교주〉'파학'(공처가 철학)의 도는 지극한 선(善)에 머무르는 데
에 있다. 다른 사람의 아내가 된 자는 엄격해야 하고, 다른 사람의
남편이 된 자는 두려워해야 한다. 집안에 위엄을 지닌 군주가 있다
는 것은 아내를 두고 한 말이다. 아내가 안에서 명령을 내리면, 남
편은 밖에서 분주하게 뛰어다닌다. 이것은 불변의 진리이다.

〈교주〉위대하다, 아내의 도여 ! 오직 하늘만이 위대하고, 오직
아내만이 그것을 본받으니 그 드넓음을 뭐라 표현할 길이 없다! 자
기도 모르는 사이에 아내 곁을 따르게 된다.

〈교주〉그대로 행하면서도 두드러지지 않고, 이미 몸에 배어 있

으면서도 살필 줄을 모른다. 사실상 아내를 두려워하는 습관을 지니고 있지만, 그 사실을 미처 깨닫지 못하는 공처가가 많다.

〈교주〉 남편은 아내가 화내는 모습을 보면 밥을 먹어도 맛을 모르고, 음악을 들어도 즐겁지 않으며, 거처가 불안하게 된다. 따라서 남편은 반드시 진심으로 존경하여 매사에 아내의 뜻을 거스르는 일이 없게 하라.

〈교주〉 아내가 잘못하는 일이 있으면 마음을 진정시키고 얼굴빛을 온화하게 하여 부드러운 소리로 충고한다. 충고해도 만약 받아들이지 않으면 더욱 공경하는 마음으로 대한다. 이렇게 세 번을 충고해도 듣지 않으면 통곡을 하며 그녀를 따른다. 아내가 화가 나서 채찍질을 하여 피가 흐를지라도 질시와 원망을 하지 말고 더욱더 경외하는 마음으로 대한다.

〈교주〉 남편이 아침에 나가서 돌아오지 않으면 아내는 문에 기대어 기다린다. 저녁에 나가 돌아오지 않으면 아내는 마을 어귀에서 돌아오기를 기다린다. 따라서 남편은 아내에게서 멀지 않은 곳에 있다가 지체하게 될 것 같으면 반드시 그 장소를 알린다.

〈교주〉 남편은 아내를 섬길 때 그녀의 모습이 나타나기 전에 미리 보고 알고, 그녀의 목소리가 들리기 전에 미리 듣고 알아야 한다. 규방에 들어갈 때는 활처럼 몸을 굽힌다. 앉으라고 명령하지 않으면 감히 앉지 말고, 물러가라 명령하지 않으면 감히 물러나지 않는다. 아내가 근심하면 함께 근심하고, 아내가 기뻐하면 함께 기뻐한다.

〈교주〉 나라에 충성하지 않는 것은 '파'(아내에 대한 두려움)가 아니고, 친구 사이에 의리가 없는 것도 '파'가 아니며, 전투에서 용기가 없는 것도 '파'가 아니다. 발을 한 발짝 들어도 아내를 잊지 못하고, 말 한 마디를 할 때도 아내를 잊지 못한다. 장차 착한 일을 행하여 아내에게 좋은 평판을 안겨주려 한다면 당장 실천해라. 그러나 장차 나쁜 일을 저질러 아내에게 치욕을 주게 된다면 절대 하지 말라.

〈교주〉 아내란 남편이 의지하여 평생을 다하는 존재이다. 신체의 모든 것은 다 아내에게 속한 것으로, 감히 함부로 훼손하거나 상하지 않게 하는 것이 '파'(아내에 대한 두려움)의 시작이다. 입신출세하여 후세에 이름을 남김으로써 아내를 돋보이게 해주는 것이 '파'의 끝이다.

그리고 그는 이렇게 마무리하고 있다. "파학(공처가 철학)에 입문하기 위한 방법은 무궁무진하다. 남편 된 자는 그것을 잘 살펴 얻는 바가 있겠지만, 평생 동안 사용해도 다 쓸 수가 없다."

마지막으로 이종오는 이후의 역사가들에게 다음과 같은 건의를 했다.

"옛날의 예교는 '충효'(忠孝) 두 글자를 중시했지만, 새로운 예교에서는 '파'(怕) 자를 중시한다.

만약 내가 아무개를 두고 공처가라고 말한다면, 그가 충신·효자라고 칭찬하는 것과 다를 바가 없다. 따라서 이것은 매우 영광스러운 것이다. 부모에게 효도하는 사람은 효자고, 임금에게 충성하는 사람은 충신이며, 아내를 두려워하는 지아비는 파부(怕夫 공처가)다.

옛날의 역사책에는 『충신전』과 『효자전』이 있다. 그러나 이후 중국의 역사책에는 반드시 『파부전』(怕夫傳 공처가전)이 있어야 할 것이다."

박백학

이종오가 '후흑학'을 떠벌리고 다니며 자칭 교주라고 하여 온 세상을 깜짝 놀라게 했다. 하지만 사람들은 이를 단지 해괴하게 여길 따름이었다. 친구들은 선의로 그에게 다음과 같은 충고를 하였다.

"너 허튼소리 좀 그만해라. 세상 사람들이 모두 너를 비난하는데, 너도 마땅히 명예를 소중히 해야 할 거 아냐?"

"물론 나는 명예를 사랑해. 그러나 나는 진리를 더 사랑한다. 말을 하고 안 하고는 내가 마음속으로 결정할 일이야. 글로 옮기기 전에 나는 반드시 심사숙고하지. 그리고 일단 말을 하자마자 사람들의 공격을 받으면, 난 결코 답변하지 않아. 그러나 공격자가 한 말을 나는 꼼꼼하게 되새겨보고 경탄해 마지않는다면 수정도 하지."

때로는 친구들이 무례하게 그를 질책하기도 한다. "너는 무엇하러 허구한 날 귀신 씨나락 까먹는 소리나 지껄여 대는 거야?"

"나는 사람을 만나면 이치에 닿은 소리를 하고, 귀신을 만나면 귀신 씨나락 까먹는 소리나 하지. 그래, 요즘 세상에 씨나락 까먹는 소리 아니면 무슨 말을 하겠어? 내가 발표한 많은 글들을 사람이 보면 이치에 닿는 소리고, 귀신이 보면 귀신 씨나락 까먹는 소리로나 들리지. 그 밖에 다른 것도 안 되리라는 법 없지 뭐."

또 어떤 이가 말했다. "아무개가 여차여차해서 당신한테 미안하게 됐다고 그러더라."

"내 친구라면 암, 그렇게 해야 하고말고. 만약 그렇게 말하지 않는다면 내 '후흑학'이 어디 통하겠는가? 내가 발명한 것은 인류의 대원칙이야. 내 친구는 물론 이 원칙을 벗어날 수 없지."

그의 이러한 욕설과 풍자는 추호도 망설이는 게 없었다. 따라서 당연히 전 사회의 노여움을 사게 되었는데, 특히 구시대의 도덕을 옹호하기로 자처하는 어르신네들의 미움을 샀다.

들리는 바로는, 사회 돌아가는 상황에 관심을 갖던 한 벼슬아치가 그를 공개적으로 비난하는 데 앞장섰다. 그 벼슬아치는 「박백학」(薄白學 : 낯가죽이 얇고 마음이 깨끗해야 한다는 주장)이란 글을 써서 성도의 한 신문에 계속적으로 발표했는데 말끝마다 도덕을 운운하며, '후흑학'에 대해 마구 공격을 퍼부었다. "이종오! 당장 네 '후흑학'을 철회해라!" 하며 으름장을 놓았다.

그러나 이종오가 그 글을 읽고 나서도 상관하지 않고 그냥 내버려 두자, 많은 사람들이 그에게 반박하는 글을 쓰라고 부추겼다. 그러자 그는 다음과 같이 말했다.

"구태여 그럴 필요가 있겠는가? 이 세상의 모든 학문은 각자 나름대로의 주장을 펴기 마련이고, 그것을 믿고 안 믿고는 대중에게 달려 있는 것이지. 예를 들어 곡물이나 과수의 씨앗을 두고 나는 내 것이 좋다 하고 너는 네 것이 좋다고 하겠지만, 그렇게 피차 자기 고집대로 우길 필요는 없는 거야. 그저 그것을 땅에 심어 그 수확을 보면 그만이지."

그러자 그들은 대꾸했다. "당신이 답변하지 않는다면 이치가 닿지 않는 것으로 여기게 되고. 그렇게 되면 당신의 학설이 깨뜨려질 수 있는 거요. 우리는 이제 더 이상 당신을 스승으로 받들지 않고, 그의 제자가 되어 '박백학'을 배우겠소."

"너희들이 그에게로 가서 제자가 되어도 좋다. 그러나 내가 너희에게 몇 마디 충고하겠다. 『후흑경』에서 이르기를, '낯가죽이 두껍고 속마음이 시커먼 자는 큰 제후의 나라를 얻을 수 있지만, 낯가죽이 두껍지 못하거나 속마음이 시커멓지 못하면 밥 한 그릇 국 한 사발조차 얻어먹을 수 없다'고 했다. 장차 너희들이 굶주려서 구걸하고 다닌다 해도 나를 탓하지 마라."

후에 '박백학'의 주창자가 탐욕과 횡포한 사실로 인해 목이 잘려 성도 성 공원의 기념비 위에 걸리고 며칠 동안 대중들에게 구경거리가 되었다. 그런데 사람들은 오히려 크게 쾌재를 부르니 이는 참으로 괴이한 일이다.

오늘날 우리가 다시 후흑교주의 품행을 되돌아보니 어떠한가? 그는 '박백학'은 마음속에 두고 실행에 옮길 수는 있지만 입 밖으로 발설해서는 안 된다고 했다. 당시 '후흑학' 또한 마음속에 두고 실행에 옮길 수는 있지만. 입 밖으로 발설해서는 안 된다고 했었다. 종오의 친구 왕간항은 '후흑학'은 실행하되 말을 해서는 안 된다'는 말이 명언임을 인정했다.

그러나 그는 이미 『후흑학』을 공공연하게 발표했을 뿐만 아니라 만나는 사람마다 붙들고 장황하게 말을 늘어놓아 다시 원칙이 바뀌게 되었다. 즉 후흑학은 '입 밖에 내도 되지만 실행에 옮겨서는 안 된다'는 것으로.

그리하여 그는 『후흑학』을 발표한 이래 천지귀신으로 돌변하여 위에서 내려다보고 옆에서 꾸짖으며 매번 일을 하고자 할 때마다 스스로 '이렇게 하면 내가 후흑학을 실행한다고 사람들이 말들 하지 않을까?'라고 걱정했다. 이 때문에 혼자 짐짓 겁을 집어먹고는 감히 마음 놓고 실행에 옮기지 못했다.

당신이 생각하기에 중경관의 감독이 그 얼마나 최고로 수입이 좋은 관직이던가! 그러나 그는 감히 엄두를 내지 못했고 사람들이 권하지도 않았다. 관청 재산의 경매처와 처리처의 책임자 역시 재산을 긁어모을 절호의 자리다! 그러나 경매처의 책임자에 대해서는 봉급을 줄여 달라고 요구하지 않나, 처리처의 책임자가 될 뻔 하다가 취소되었을 때에는 집에 돌아갈 노자마저 떨어졌을 정도이다. 그래서 그는 스스로 변명하며 다음과 같이 중얼거렸다.

"내가 위대한 인물이 될 수 없었던 근원이 실로 여기에 있었구나. '후흑학', '후흑', 너 정말 나를 망쳤구나."

후흑교주를 애도함

나는 새벽녘에 일어나
남의 집 모퉁이에서 훌쩍거리며 울고 서 있지
사람들은 나를 싫어하지
내가 불길하다고들 말한다네
나는 지저귀며 남에게 귀여움을 받을 수 없다네.
— 호적 「까마귀」

이 시는 거의 30년 전에 작가 자신이 『상시집』(嘗詩集)에 넣은
것이다. 당시 호적 박사는 분명 남에게 귀여움을 받지 못하는 이
'까마귀'를 빌려 자신을 비유했다. 오늘날에 이르러 이 시는 작
가가 자신을 비유하는 데 그치기보다 시정잡배들의 낯가죽을 가
차 없이 들추어내고 그들의 본심을 밝혀 이 세상 모든 나쁜 무리
들의 정체를 일제히 폭로하는 것으로 읽히는 게 더 나을 것 같다.

이종오의 지저귀는 소리는 사람들을 화나게 하고 초조하게 만

든다. 그러므로 그야말로 진정한 한 마리의 까마귀라고 하겠다!
나는 지금 그에게 다음과 같은 시 한 수를 바치고 싶다.

구구
구구
<u>흐흐흐흐</u>‥‥
<u>흐흐흐흐</u>‥‥‥‥

이게 무슨 시냐고 묻겠지? 이것이 바로 '부엉이 시'이다. '구
구'는 부엉이가 우는 것이고, '<u>흐흐흐흐</u>'는 부엉이가 웃는 것이
다. 우리 고향 사람들은 "부엉이가 울지 않으면 웃을까 걱정된
다"고 말한다. 들리는 바로는 부엉이가 울면 물론 불길하지만 그
건 오히려 별것 아니며 부엉이가 웃으면 반드시 사람이 죽거나
아주 큰 흉조를 예고한다고 한다.

후흑교주라는 서생의 냉소는 마치 부엉이의 울음소리나 웃음
소리를 들은 것처럼, 모든 사람들을 머리카락이 쭈뼛거릴 정도
로 공포에 떨게 한다. 따라서 그는 한 마리의 까마귀이면서 부엉
이다!
게다가 그를 '사상계의 혜성'이라고 말한다면, 그는 또 당연히
사람들의 분노를 사게 될 것이다. 혜성이란 속칭 재수 없는 것으
로 통하여 그것이 나타나면 천재지변 내지 불상사를 예고한다.
일반 사람들은 물론 귀족 대신들도 그것을 두려워할 뿐만 아니

라, 과학을 깊이 연구한 천문학자들조차 경계심을 갖고 그 행동을 주시한다.

만약 다른 행성에도 인류가 있다면 그들 역시 이에 못지않게 공포에 떨며 경계하게 될 것이다. 왜냐하면 그것은 자연계에서 법칙을 준수하려 하지 않고 기다란 꼬리를 끌며 종횡무진으로 돌진하기 때문이다. 결국 인류는 그것을 도무지 이치대로 추측해 볼 도리가 없기 때문에 두려워하는 것이다.

구 사상계에서 사상의 혜성이 일으키는 작용 또한 이와 마찬가지다. 후흑교주의 사상은 전통을 따르지 않고 옛것에 만족하지 않는다. 또 그는 그 당시 국내 및 국외 사람들의 의견을 받아들이지 않고, 자연 현상이든 인간사든 간에 오직 자기 고집대로만 하고 자신의 견해와 해석만을 주장한다. 따라서 이와 같은 그의 독단적 사상이 혜성이 아니고 무엇이겠는가? 모든 사람들의 분노를 야기하고 전사회적으로 불길한 인물로 지목되는 것도 당연한 노릇이다.

그가 까마귀처럼 울고불고 부엉이처럼 울다가 웃다가 하니 어떻게 사람들이 싫어하고 미워하지 않을 수 있겠는가? 때문에 사회 돌아가는 것에 관심을 갖는 인사들은 그의 학설이 널리 퍼져 괜히 사회에 폐해를 끼치는 것이나 아닌지 몹시 신경에 거슬려 그를 비판하는 글을 쓰기도 하고 대중 앞에서 그를 비난하기도 했다.

나는 5년 전에 천주교의 아무개 주교가 공개적인 강연석상에서 그를 헐뜯었던 것을 기억하고 있다. 내가 이 사실을 그에게 알려주자, 그는 당장 도전을 받아들여 다음과 같은 제목을 붙인 한 통의 선전 포고문을 썼다. 그것은 곧 「천주교 주교 아무개에 대한 후흑교주의 답변」이다. 그 글의 전체 내용을 확실히 기억하지는 못하지만 틀림없이 신랄한 풍자였다. 다음의 첫 대목만 어렴풋이 기억난다.

"나는 후흑교주이고 너는 천주교의 주교이다. 주교는 교주보다 한 계급 낮다. 너희들 천주교는 이미 상당한 지위를 누리고 있는데, 네가 뜻밖에도 주교의 신분으로 감히 교주인 나의 학설을 비난하다니! 너는 아무래도 좀 지나치게 주제넘은 것 같군. … 너희가 기도드릴 때 세 부위를 살짝 찍는 모습을 볼 수 있는데, 이는 앞가슴의 요염한 두 개의 젖꼭지를 가리킬 뿐이다. 근거 없는 말로 대중을 현혹시키고 … "

당시 그는 그 글을 신문에 게재하고 싶어 했으나, 내가 거듭 말리자 겨우 도전장을 철회했다.

최근에는 심무 선생이 『후흑 비판』이란 책을 저술하여 '후흑학'에 대해 사정없이 호된 공격을 퍼붓고 있다. 하지만 애석하게도 후흑교주는 그 책을 미처 보지 못하고 말았다. 결국 누가 옳고 누가 그른지는 부득이하게 제삼자의 공정한 판단에 맡길 수밖에 없다.

교주가 세상을 떠난 지도 벌써 3년 반이란 세월이 흘렀다. 그의 묘에 심은 나무들은 이제 어느 정도 제법 자랐거늘, 외로운 넓은 들판에 홀로 있으니 누가 그와 함께 하리오?

이종오(李宗吾 1879~1943)

저 멀리 달이 지고 까마귀가 날아간다. 깊은 한밤중에 물수리는 울어 대고.

　그러나 이것으로 위로가 될는지? 내 이제 앞의 시구를 다시 읊어 후흑교주의 영혼을 애도하고자 한다.

　구구

　구구

　<u>ㅎㅎㅎㅎ</u>····

　구구

　구구

　<u>ㅎㅎㅎㅎ</u>······